KIYO YAMADA'S COVERT ACTION

TOSHIHIRO YAMADA

CIA スパイ養成官

キヨ・ヤマダの対日工作

山田敏弘

新潮社

プロローグ　墓碑銘がない日本人CIA局員

アーリントン国立墓地にあるキヨ・ヤマダの墓からは
「ペンタゴン」が望める

二〇一五年八月、米バージニア州アーリントンは抜けるような青空が広がっていた。

筆者は首都ワシントンDCで、前日まで開催されていたシンクタンクの会議を終え、当時暮らしていたマサチューセッツ州ボストンへ戻るだけだった。だが、帰途に就くまえに、以前からどうしても気になっていた場所に立ち寄ることにした。

DCのすぐ西側にある、アーリントン国立墓地である。

朝九時になったばかりだというのに、墓地の案内所となっているウェルカム・センターは人でごった返していた。ガイドブックを手にした人たちや、ツアーガイドの説明に熱心に耳を傾けている集団もいた。

アーリントン国立墓地は、米陸軍省が管理している。墓地のすぐ南東には、最高軍事行政機関である米国防総省、通称ペンタゴンがある。

墓地には、戦没者だけでなく、政府や軍の高官、その家族なども埋葬されており、第三五代大統領のジョン・F・ケネディとその家族もここに眠っている。他にも何人もの歴史的な人物が埋葬されているこの墓地は、連日、多くの観光客が訪れる人気スポットにもなっている。

ウェルカム・センターを出て、約二平方キロメートルある広大な敷地に入った。すぐに目に飛び込んできたのは、そこかしこにある白い板のような墓石だ。墓地内は一番から七六番（当時）の区画に分けられており、それぞれに芝がきれいに敷き詰められ、地面に埋め込まれた大理石の墓石が一面に等間隔で並べられ、墓石の前には棺桶を埋葬できるほどのスペースが取られている。

目的の区画は、ウェルカム・センターから観光客がぞろぞろと歩いて向かうケネディ家の墓石があるエリアとは、正反対にあった。きれいに舗装された道路を歩いていると、容赦なく照りつける強い日差しでじんわりと汗ばんでくるのがわかる。いつの間にか、ほとんど人の姿は見えなくなっていた。

一〇分ほど、墓地内の地図を手に黙々と歩を進めた。目指していた区画に到着し、そこに並ぶ墓石を順番に見ていくと、探していた墓を発見した。

アーリントン国立墓地を訪問してみたいと思ったのは、知人女性との雑談がきっかけだった。二〇〇一年から夫の留学のために五年間、DC近郊で暮らしていたというこの知人は、その当時に「興味深い女性と知り合った」と話した。在米の日本人主婦が、友人だけを集めて開いた、小規模なホームパーティでのことだったという。

知人が直接聞いた話によれば、その「興味深い女性」の名前は、キヨ・ヤマダという。戦後しばらくして渡米し、アメリカ人と結婚。そのあと、アメリカの諜報機関であるＣＩＡ（中央情報局）に入局し、スパイに日本語や日本文化を教えていた――。

初めて知人からこの話を聞いた二〇一四年の時点で、キヨ・ヤマダはすでに他界し、アーリントン国立墓地に埋葬されている、とのことだった。しかもキヨとその夫の希望で、墓地のなかでも、もっともペンタゴンの建物がよく見える場所に墓が設けられたというのだ。

そこで、ＤＣへの出張に合わせて、ちょっとした観光気分で、初めてアーリントンを訪れたのだった。

「七〇区画五四番」

これが、彼女の墓の番号だった。

その墓は、最南東の区画に位置し、区画内でもさらに一番端っこにひっそりと建っていた。墓の前で、墓石にある名前を確認するためにしゃがみ込んだ。間違いない。そして立ち上がり、ふと顔を上げた。するとそこには、五階建ての白い壁が印象的な、ペンタゴンの建物がはっきりと見えた。

その墓石の正面を見ると、男性の名前が確認できた。「チャールズ・Ｓ・スティーブンソン」。キヨの夫だろう。名前の下には、「中佐」「米空軍」という彼の所属と肩書き、さらに「第二次大戦」「朝鮮戦争」「ベトナム戦争」という戦歴が並び、そして一番下に、一九二二年五月一五日生、二〇〇六年二月一一日没と彫られている。アーリントン国立墓地の墓石には、アメリカのために貢献した政治家や軍人、職員などの死者の、地位や戦歴といった肩書きがこのように彫られているのが普通である。

墓石の反対側に移動し、裏面を確認すると、面食らった。

そこには「キヨ・ヤマダ」という彼女の名前と、その下にこう彫られていたからだ。

「妻」

「一九二二年九月二九日（生）

二〇一〇年一二月二七日（没）」

ＣＩＡどころか、政府職員などといった肩書きすら、そこには見当たらなかった。

ＣＩＡで働く人たちが、身元を無闇に明らかにできないというのは、よく知られている。彼らの活動が国家機密であり、その活動に従事しているスパイたちの正体も同じく最高位の機密だからだ。退職後に文筆業やコンサル業など、生計を立てるために、ＣＩＡから許可を得て名前と職歴を明らかにしている元局員・スパイたちもいるが、逆に、局員時代に名前や職場などを偽り、周囲を「騙して」きたそれまでの人生を自ら覆すことになることから、自分の過去をおおっぴらにしない人も多い。そうした元局員・スパイは、年金受給資格を満たすまで勤め、あとは年金をもらいながらひっそりと暮らしているのである。

キヨは晩年、自分が長年にわたりＣＩＡ局員だったことを、気心の知れた友人や知人たちに明らかにするようになっていた。

とはいえ、本人と夫が他界している状況では、彼女が本当にＣＩＡで働いていたのかを確認することもままならない。もちろんＣＩＡに問い合わせても教えてくれるはずもない。一方で、ＣＩＡで働いていたことが事実であるなら、墓石からもわかるように、彼女のキャリアは表の世界では完全に消され、なかったことになっている。

一体、キヨ・ヤマダとは何者なのか——。

彼女について知りたいという好奇心を、筆者は止められなくなっていた。

早速、知人を介してキヨを知る在米の日本人など数名を紹介してもらい、話を聞くことができた。そこから、すぐに判明した事実がいくつかあった。

まず彼女は大正時代に東京で生まれたこと。戦後しばらくして、米政府の奨学金を得て渡米。すぐにアメリカ軍人と結婚して、その後は米国とドイツの米軍基地を転々としていたこと。日本の親族はもう誰一人として残っていないこと。四〇代で突然、ＣＩＡに入局し、それから三〇年以上にわたって日本に送るスパイを養成していたこと、などだ。

この大まかな来歴を見るだけで、彼女の人生が平凡なものではなかったことが窺える。ただキヨ・ヤマダの素性や、ＣＩＡでのキャリアについてなどは詳しくわからない。確かなことは、キヨがＣＩＡでスパイに日本語や日本文化を教えていたことだが、その彼女のキャリア、もっと言えば、彼女の人生は、表向きには「なかった」ことにされている事実だ。

またキヨの人生について、特に深く知る人物が二人いることも判明した。一人はニューヨーク州に暮らすドイツ人で、もう一人はバージニア州に暮らすアイルランド人だ。

ドイツ人の名前は、アキム・コーダーマン。アキムは現在、ニューヨーク州の大学で准教授を務めている五〇代半ばの哲学者で、ドイツに暮らしていた幼少時代から、キヨに我が子のように可愛がられた男性だ。その後にアメリカで暮らすようになってから、ずっとキヨを母親のように慕ってきた。キヨの死後、彼女の遺言執行者に指名されていた彼の手元には、キヨが残した写真や手紙などの遺品とともに、彼女の夫が時々記録していた日記のようなメモも保管されていた。

一方のアイルランド人は六〇代の女性、アンジェラ・ブリッジフォード。彼女がキヨと交流したのは、キヨがこの世を去る前の、最後の二年間だけだったが、アンジェラは二〇一〇年にこの世を去ったキヨが、人生で心を許した数少ない女性であり、その二年間に、自分の人生を辿るように話して聞かせた相手でもあった。

この二人を中心に、彼女のことを知る多くの関係者たちに話を聞いて歩くことで、アメリカのために働き、その経歴を「消された」日本人、キヨ・ヤマダを探す旅を始めた。

何人かのＣＩＡ関係者たちからは、守秘義務を理由に、取材を拒否された。キヨの知人たちは高齢になっており、すでに亡くなっていた人も多かった。認知症が悪化して日常生活ができなくなり、話を聞く前に施設に入ってしまった知人もいれば、取材の前に交通事故に巻き込まれて死亡した親友もいた。

「もう少し、早かったらねえ」

「あと数年、早く来てくれたらなあ」

という言葉に何度、天を仰いだことか。

それでもキヨの人生に触れた、たくさんの関係者から証言をえることができた。

キヨは世界を大きく変えるような目に見える変革や発明をもたらしたわけではない。前人未到の領域に到達し、派手に歴史を塗り替えた偉人でもない。しかし、三〇年以上もの間、日本の歴史の舞台裏で暗躍してきたスパイを養成し、引退時にはＣＩＡから栄誉あるメダルを授与され、表彰を受けるほどの評価と実績を残していた。そしてその事実は、私たちの住んでいる世界からは見えないところに封印されている。

キヨ・ヤマダの人生をひもといていくと、戦前から戦後にかけて生まれ育ち、日本人女性としての「殻」を破ろうと、生き方を模索する女性の姿が浮き彫りになってくる。それだけではない。現代にも通じるような苦悩に満ちた女性の葛藤がそこにはあった。

CIAスパイ養成官　キヨ・ヤマダの対日工作　目次

プロローグ　墓碑銘がない日本人CIA局員　1

第一章　「私はCIAで、ガラスの天井を突き破ったのよ」　13
突然の告白／「ラングレー」の局員／身近にいた日本人CIA局員
日本では理解され難い組織／日本語教官を超えた任務

第二章　語学インストラクターと特殊工作　35
日本国内におけるCIAの活動／教え子の述懐／対象が「困っていること」を探れ
沖縄返還問題での裏工作／ロッキード事件とCIAの闇／特殊工作への関わり

第三章　生い立ちとコンプレックス　57
東京の下町に生まれて／姉妹間のコンプレックス／家族へ抱いた嫌悪感
海外留学への夢／英語教師として教壇に

第四章　日本脱出　81
人生の転機となる出会い／米国への逃避行／異国での再会
移住を決断／アメリカに届いた母の訃報／日本人妻としての苦悩

第五章　ＣＩＡ入局　109
センセイの思い出／言語を重視したＣＩＡ／アメリカ人に言語を徹底させる理由
ＣＩＡ女性長官の経歴／採用試験の高い壁／日本語教官としての軋轢
競争させられる職場

第六章　インストラクター・キヨ　137
実践的な授業／教え子は、自分の子ども／日本での極秘教育拠点
優秀な教官として／同僚との軋轢／米ソ冷戦時代のＣＩＡ／バブル経済と日本
スパイのリクルーターとして／冷戦終結とリタイア

第七章　最後の生徒　179
日本で開かれた引退パーティ／晩年の生活／夫の発病／死後に分かった夫の秘密
悲しみの追い打ち／「病院では死にたくないわね」／モルモン教とＣＩＡ
最後のクリスマス

エピローグ　奇妙な「偲ぶ会」　215
主要参考資料　222

カバー・本文写真　著者提供
装　幀　新潮社装幀室

第一章
「私はＣＩＡで、ガラスの天井を突き破ったのよ」

ＣＩＡに日本語インストラクターとして入局し、新たな人生を歩み始めた頃のキヨ

突然の告白

「もう話しちゃってもいいかしらね」

キヨ・ヤマダが、自分のキャリアについて、初めて仲間の前で告白をしたのは、二〇〇四年のことだった。

一〇月二日、ワシントンDCから北西に五〇キロほどの距離にあるメリーランド州ジャーマンタウンの邸宅に、日本人女性六人が集まっていた。彼女たちは東京女子大学を卒業した面々で、同大同窓会のワシントンDC支部のメンバーだった。

DCは首都ということもあり、大使館関係者や企業の支社などに赴任してくる日本人が多い。そうした駐在員や妻たちの中には東京女子大学出身者が少なくないため、同窓会は慣れないアメリカでの生活を手助けするなど、受け皿としての役割も担っている。

当時ワシントン支部長だった高橋恵子は、ワシントンで年に二度催されていた同窓会の集まりをいつも自宅で開いていた。

六人が囲んだダイニングテーブルには、高橋が用意したちらし寿司、揚げ春巻き、きんぴらごぼうなどが並べられた。アメリカであっても、長く故郷を離れている日本人が集まれば、食事は日本食が中心になる。

会がスタートすると、ＤＣにあるアメリカン大学の大学院に通っていた三〇代の福嶋美佐子が話を始めた。というのも、福嶋はその四カ月前に、ワシントン支部を代表して東京で行われた同窓会総会に出席しており、その様子を先輩たちの前で報告することになっていたからだ。

キヨは最初、食事をとりながら静かに話に耳を傾けていた。真っ赤なインナーに、幾何学的なデザインがプリントされた青のジャケットを身にまとい、足元はハイヒール。およそ八二歳の女性らしからぬ装いだが、スーツがトレードマークだったキヨのいつもながらのスタイルだった。そして髪型もいつもどおりのショートカットである。

福嶋の話は、あっという間に別の方向に脱線してしまった。

キヨと大学時代に同級生だった貞子《ていこ》・スコットが、ひょんなきっかけで大学時代の思い出話を始めたからだ。具体的には、在学中に主役として学芸会で披露した演劇の話になった。

学生時代に演劇部に所属していたキヨが、当時の写真を持ってきていたこともあって、どんどんその話で盛り上がっていった。貞子が「私はいつも女役で、男っぽいキヨはもちろん男役だった」と話すと、六〇年以上経っても二人のイメージが変わっていないことに、女性たちはどっと笑った。

思い出話が一段落したところで、キヨは気分が良くなったのか、冒頭のように、話しちゃってもいいかな、と自分の話を切り出したのだった。

「実はね、私の仕事のことだけど……」

少し高めの声で、ゆったりと話すキヨの口調には、上品で穏やかな雰囲気が感じられた。

キヨの知人はみんな、彼女が七七歳で退職を迎えるまで、国務省に勤めていたと聞かされていた。国務省といえば日本の外務省にあたる組織だが、そこで日本語のインストラクターをしているらしいと、周囲は何となく聞いていた。

キヨは退職後、アメリカ屈指の名門私立大学であるペンシルベニア大学のビジネススクール、ウォートン・スクールで、日本語の検定担当者をしていた。ウォートン・スクールは、ドナルド・トランプ大統領や、米電気自動車大手テスラのイーロン・マスク最高経営責任者(CEO)など、名だたる著名人の出身校である。

キヨはこの会の一年ほど前まで、年に数回、自宅のあったバージニア州レストンからペンシルベニア大学まで三時間ほどの道のりを、自ら車を運転して通っていた。

「(長距離列車の)アムトラックや飛行機は使わないで、車で飛ばしていくのよ」

と、すでに八〇歳を超えていたキヨは友人らに話していたという。

ウォートン・スクールの口頭試問はキヨでなければ合否が付けられず、学生はキヨのお眼鏡にかなわないと日本語の単位が得られなかった。同スクールで彼女は替えのきかない存在だったという。

仲間内では、キヨといえばそんな「学校の先生」というイメージが強かった。だから国務省の日本語インストラクターをしていた、という経歴を、疑っていた者はいなかった。

キヨは言った。

「……私、ＣＩＡのスパイを養成していたのよ」

一瞬、空気が止まった。

「ラングレー」の局員

ＣＩＡは、世界で最も有名な諜報（インテリジェンス）機関だと言っていい。

国内を担当するＦＢＩ（米連邦捜査局）に対して、ＣＩＡは世界各地にスパイを送り込み、アメリカの国益に関わる情報収集や工作に従事させている。映画やドラマなど、ポップカルチャーのなかにも頻繁に登場することから、長く「スパイ」の代名詞にもなっている。

ＣＩＡが設立されたのは、一九四七年九月のことだ。その背景には、米政府がその二年前まで続いた第二次大戦の引き金となった、日本軍による真珠湾攻撃を事前に察知できなかった反省がある。ＣＩＡが二〇一四年に機密解除した内部文書によれば、真珠湾攻撃に対応できなかったことは「アメリカのインテリジェンス活動が初期の段階では未熟だった」からだとし、「インテリジェンスの収集、分析、通知における永続的な問題」を示していると分析されている。

四七年に設立されたCIAだが、四九年に当時のハリー・S・トルーマン大統領が、CIA法に署名。この法律成立以降、CIAは基本的に活動に使途を問われない予算を与えられ、米政府の通常の手続きを経ずに工作活動が可能になった。それから約一〇年後の一九六一年に、現在のCIA本部が建てられ、アメリカの諜報活動が本格化していった。

CIA本部は、ワシントンDCから一五キロほど北西に位置する。DCといえば、国会議事堂、大統領官邸(ホワイトハウス)、最高裁判所などが置かれており、加えて多くの主要省庁などもあり、国家の中枢機関が集まった都市になっている。DCは特別区であり、どの州にも属していない。北東側のメリーランド州と、南西側のバージニア州に挟まれる形で、真ん中に位置しているというイメージだ。政府職員などは多くがメリーランド州またはバージニア州に居を構える。

CIA本部は、バージニア州側のラングレーというエリアにある。このエリアには数多くの政府高官や外交官などが暮らしている。CIAは本拠地がある地名から、今でも関係者の間で、別名「ラングレー」とも呼ばれている。

CIAは、戦後のソビエト連邦との冷戦、対共産主義工作、貿易摩擦、対テロ戦争と、世界中で暗躍するようになる。その存在はよく知られていても、活動は国家機密であり、公式には表に出てこない。とはいえ、これまで元局員や関係者、ジャーナリスト、歴史家らが掘り起こしてきた情報から、ＣＩＡの活動は色々な形で暴露されてきた。政権を転覆させたり、クーデターを後押ししたこともあれば、国家指導者などの暗殺を企てたこともある。日本でも、政界工作やロッキード事件、貿易摩擦でのスパイ工作などへの関与が指摘されている。

その予算額も職員の数も、機密事項として公開されていない。ただ、元ＣＩＡの職員だった内部告発者のエドワード・スノーデンが暴露した機密文書によって、二〇一三年の時点で、ＣＩＡの予算は約一五〇億ドル（約一兆六〇〇〇億円）に上り、職員数は約二万一五〇〇人であることが判明している。

ＣＩＡと一口に言っても、様々な任務がある。私たちが映画などで見るスパイ行為や秘密工作は、ＣＩＡの業務の一部に過ぎない。つまり、ＣＩＡに勤めていると言っても、その人物が、必ずしもいわゆる秘密作戦に関わっているとは言えない。

現在、ＣＩＡは基本的に五つの部門に分けられる。

作戦本部（ＤＯ＝ディレクトレート・オブ・オペレーションズ）

分析本部（ＤＡ＝ディレクトレート・オブ・アナリシス）

科学技術本部（ＤＳ＆Ｔ＝ディレクトレート・オブ・サイエンス・アンド・テクノロジー）

デジタル革新本部（ＤＤＩ＝ディレクトレート・オブ・デジタル・イノベーション）

支援本部（ＤＳ＝ディレクトレート・オブ・サポート）

である。一般的にスパイとして諜報や工作活動に従事する部門は作戦本部であり、そこで得られた情報を分析するのが分析本部だ。科学技術本部は技術的な情報収集の研究と開発を行い、デジタル革新本部はサイバー空間やＩＴ分野の作戦に従事、支援本部がそれらの支援活動を行う。キヨが所属していた日本語インストラクターなど、スパイ養成部門は、支援本部の中にある。

スパイ活動を担う作戦本部には、主にリポーツ・オフィサーとケース・オフィサーという二つの職がある。集められた情報などをまとめ、情報源を覆い隠して本部などにリポートを上げるのがリポーツ・オフィサーで、エージェントと呼ばれる現地の情報提供者や協力者から情報を集めたり、工作を仕掛けたりするスパイ活動を行うのはケース・オフィサーだ。彼らこそ、日本など世界各地に散らばるように送り込まれているＣＩＡ諜報員である。

一般的に「スパイ」と言う場合には、情報収集や工作、分析など諜報活動に携わるすべての人を指している。

大部分のアメリカ市民にとって、ＣＩＡといえば「謎の諜報機関」というイメージが定着し、その存在は映画やドラマの中だけにしかない。時折、ニュースで耳にすることもあるが、その実態は全くわからないというのが、多くのアメリカ人が抱く、ＣＩＡという政府機関に対する印象である。ただ映画などのおかげで、世を忍ぶスパイたちが世界中で極秘任務を遂行しているというイメージは広く浸透している。

元ＣＩＡ関係者の多くが、

「入局する前は、ＣＩＡには自信に満ち溢れ、格闘技か何かで体を鍛え上げた、油断も隙も見せない切れ者ばかりが働いていると思っていた」

と話している。実際には、ほとんどが、

「入局してみたら拍子抜けした。みんな普通の人間だったからだ」

と口を揃えるが、そんなステレオタイプな見方こそが、一般的なアメリカ人のＣＩＡスパイ像だと言えよう。

ＣＩＡ本部は、周囲を国有地である緑地に囲まれ、部外者は容易に近づけない。下手に近づこうものなら、厳重に警備網を張っている地元警察やＣＩＡの警備関係者がどこからともなく集まってきて、たちまち拘束されてしまうだろう。

筆者は以前、別の情報関係機関への取材で、間違って一時拘束されてしまったことがある。自動車でその機関に向かったのだが、入り口に到着した際に、車内からその外観を何枚か撮影した。するとすぐに、関係者が飛んできて敷地の外で取り囲まれてしまったのである。瞬く間に警察車両が何台も到着し、周囲は物々しい雰囲気に包まれた。身分証から車検証など事細かに調べられ、事情聴取も受けるという騒動になった。三〇分ほど自由を奪われたが、取材であることを確認してもらい、最終的には事なきを得た。

日本で報道されることはないが、アメリカの情報関係機関では、不審者が敷地内に突入するような事件が頻繁に起きている。そのため、少しでも不穏な動きを見せると冗談では済まない事態に巻き込まれることになる。

内部の関係者とアポイントがあっても関係ない。「不穏な動きはまず自分たちが徹底的に調べる」と、担当者はにこやかだが毅然とした口調で語っていたのが印象的だった。

世界最強の国家を水面下で支える諜報機関のＣＩＡは、本部からその活動まで、すべてがベールに包まれている。得体の知れない怖さを感じている人たちも多い。

東京女子大学ＯＧの会に集まった面々は、そんな謎めいたイメージの強いＣＩＡで、穏やかな印象のキヨが、スパイを養成していたとは誰も想像すらしていなかった。

キヨ自身も、その事実をずっとひた隠しにしていた。キヨがＣＩＡの現役局員時代から付き合いがあった友人の一人で米議会図書館の元職員である吉村敬子《よしこ》は、キヨとのやりとりから、彼女がＣＩＡに関与していると感じたことは一度たりともなかったという。

「察知されないように、言葉の使い方などもかなり気を使っていたのでしょうね」

と吉村は述懐する。

吉村は、キヨがＣＩＡ局員だった時代に、バージニア州にあった彼女のオフィスを訪ねたこともあった。だが、その場所は、どこにでもあるような建物の一室であり、政府の関連機関ということ以外に詳細はわからないようになっていた。当然、ＣＩＡなどとは想像すらできなかった。キヨからは、何度となく国務省に属していると言われていたし、それに疑問を持つような要素は、オフィスからも感じられなかったという。

身近にいた日本人ＣＩＡ局員

キヨがＣＩＡ局員だったと告白した場にいた女性たちは、一瞬の間を置いたものの、その告白にあまり驚くような素振りは見せなかった。

というのも、参加者たちは何十年もＤＣ近郊に住んでいるため、それまでにＣＩＡなど政府機関や軍の組織で働いている「らしい」、または働いていたで「あろう」人たちとも接したことがあったからだろう。

ＤＣとその周辺エリアに暮らす人たちは、本部が近くにあるということで、全米でもＣＩＡという組織をもっとも近く感じていると言っていい。

しかし、まだ若い留学生だった福嶋は違った。驚いて、心の中でこう叫んだ。

「本当にスパイを養成する人が、そんな身近にいるの⁉」

もちろん福嶋は、本や映画などでスパイについては見聞きしてきた。しかもアメリカに引っ越してから、ＤＣにある「国際スパイ博物館」にも面白半分で訪れたことがあった。ただ博物館でも、冷戦時代のソ連スパイなどの話がメインとなっており、どうしてもフィクションの世界の話、または異次元の話くらいにしか思えなかった。歴史的に有名なスパイ事件がパネルなどで解説されていたり、過去に使われたとされるスパイ道具などが展示されていたが、現実世界とのつながりを実感できないでいたのだ。

それが、目の前に座るキヨの一言で、スパイの存在がぐっと身近に感じられた。

米国では、ＣＩＡで働いているという事実は、非常にセンシティブな情報だと見なされている。ＣＩＡに勤めていることが明らかになれば、致命的になりかねない。世界各地を回って情報収集や秘密工作などに従事する諜報員ともなれば、普段から他国機関に付け回され、監視されることもあれば、命を狙われることだってある。ゆえに局員が偽名や嘘の肩書きを使うのは普通になっている。正体がばれることは、すなわちスパイとしての死を意味するからだ。

局員の身元は、どこから特定されるかわからない。本部勤務だった元ＣＩＡ局員が自分の職場についてどこかで漏らしたりすれば、そこから海外の政府中枢などにいる協力者の身元特定につながることもありうる。というのも、その元局員の行動やコミュニケーションなどをつぶさに監視すれば、どこからか現役のＣＩＡ局員につながることもあるだろうし、さらにそこから別の局員たちの身元が特定されることにもなりかねない。

これまでも、身元が敵対する国にばれたことで、命を落としたＣＩＡスパイは数多い。最近では、二〇一〇年頃から、ＣＩＡが中国で使っていた現地のスパイが、次々と姿を消すという事件が起きている。彼らは、素性がばれたことで中国当局に拘束され、多くが処刑されていた。若干名は、ＣＩＡが資金を工面して中国国外へ脱出させることに成功したが、姿を消したスパイの数は三〇人を超えるという。この史上稀に見る失態により、中国におけるＣ

ＩＡの活動は一時的に停止される事態にまで陥ったという。

このケースでは、スパイの正体が漏れた理由はいくつかあると分析されている。まずは、元ＣＩＡの諜報員が、中国国家安全部に情報を渡していたことだった。この人物はＣＩＡを辞めた後、「ＪＴ（日本たばこ産業株式会社）インターナショナル」の香港オフィスに勤務しながら、中国当局に情報を渡していた。また中国当局が、「ｃｏｖｃｏｍ」と呼ばれるＣＩＡの極秘通信システムに侵入していた可能性があり、そこからもスパイ情報が抜かれていたとの指摘もある。

さらには二〇一五年に、中国政府系のハッカーが、米人事管理局（ＯＰＭ）をサイバー攻撃して、連邦職員二二一〇万人以上の個人情報や機密情報を盗み出している。そこにはＣＩＡが局員の入局に際して調べあげた個人情報なども大量に含まれていたとされ、そこから中国国内にいる協力者が特定された、との分析もある。

このケースから、ＣＩＡ関係者たちは常に危険と隣り合わせで任務に当たっていることがよくわかる。

ＣＩＡ本部には、ロビーにメモリアルウォール（追悼の壁）と呼ばれる壁があり、そこには身元が明かされるなどして殺害された職員たちの数を示す星が彫られている。現在、一三三の星があるその壁の前では、毎年、長官をはじめ現役局員たちが追悼式を実施するのが慣例となっている。

ＣＩＡは二〇一九年、こんな声明を発表した。

「追悼の壁に今年、四つの星が加えられた。これらの星によって優秀だった彼ら四人はそれぞれ追悼される。そのうちの二人について、名前と彼らの貢献は機密情報であり、一般に明らかにされることはない」

そんなことから、キヨは特に現役時代は仕事を明らかにしないよう、警戒していた。ＣＩＡからもそれは厳しく指導されていた。

とはいえ、そんな厳格なＣＩＡのスパイにも不注意な人物はいる。キヨと五〇年近い付き合いのあったニューヨーク州の大学で准教授を務めるアキム・コーダーマンは、彼女が引退する直前まで、ＣＩＡの関係者だったことを知らなかった。

アキムは、その事実が目の前で図らずも明らかにされた日のことを、今もはっきりと覚えている。

キヨの家の近所を一緒に散歩していたときのことだった。近くに住む若い女性とばったり会った。三人はそこで、立ち話になった。すると、女性は妙な話を始めた。

「工作員チームとして現地入りしていた、アゼルバイジャンのオペレーションから帰国したばかりなの……」

この女性はＣＩＡ諜報員だったのだが、うっかり、任務内容を部外者であるアキムの前で話してしまったのである。キヨは動揺するそぶりも見せずに、毅然とした態度で会話を続けた。

「それはいいことね。少しこっちでゆっくりしたほうがいいわね」

この女性は、同僚のキヨと一緒にいたアキムを、どういうわけかＣＩＡの人間だと勘違いしたのだと、のちに弁明したという。

アキムはこの時初めて、長年親しく付き合って、母親のように慕っていた存在のキヨが、実はＣＩＡ局員だったことを知った。キヨは、その後、アキムに直接ＣＩＡ局員だったことを告げたのだった。

日本では理解され難い組織

引退後、知人たちにひっそりとその事実を打ち明けていたキヨだったが、逆に事実を聞かされた知人らも、その話にはあまり触れないように気を使っていた。先に説明したようなＣＩＡという組織の特性を、ある程度理解しているからだろう。

そんなことから、キヨと付き合いのあった人たちに話を聞くと、

「彼女は政府機関で働いていてね……」

と言う人が多かった。こちらがＣＩＡという名称を出してはじめて、

「あら、知っているのね」

と、それまで少しギクシャクしていた会話が自然なものになっていくというケースもあっ

た。

晩年、キヨと誰よりも緊密な関係になったアイルランド人のアンジェラ・ブリッジフォードは、バージニア州にある自宅でインタビューをした際に、声を潜めてこう言った。

「組織を守るため、国務省に勤務している、と言うのよ。さっきあなたが通ってきたすぐそこの家のご夫婦も、以前は二人とも国務省で働いているということになっていた。でも最近、もう退職したからなのか、ぽろっと二人とも元CIAだったと漏らしたのよ」

ただキヨの場合、CIAに勤務していることを周囲に話さなかったのには、別の理由があったようである。

カリフォルニア州に暮らしていたキヨの友人は、電子メールでこう書いてきた。

「キヨさんは、日本の方にお仕事先を明かすのを躊躇されていました。彼女の勤めた組織は、日本では理解されにくい役所だからではないでしょうか」

確かにCIAといえば、日本の戦後史にも深く関与した組織として知られている。

例えば、日本に親アメリカ世論を形成するための「対日心理戦略計画」という工作を繰り広げ、戦後の日本人の考え方を操作してきたという事実がある。日本の共産主義化を妨げる工作にも力を入れ、プロレタリア作家を拉致・誘拐する事件も起こすなど、悪名も轟かした。自由民主党をはじめ、日本の主要政党にも莫大な資金を投じるなど、影響力を及ぼした。

日本の歴史に名を刻む、総理大臣を務めた吉田茂や岸信介などとも密な関係を築き、副総理にまでなったジャーナリストの緒方竹虎や、右翼運動家だった児玉誉士夫とＣＩＡの関係も、様々な文献などで語られている。後章でも詳しく触れるが、沖縄返還やロッキード事件などにも、ＣＩＡの影がちらついている。

日本には、その存在や活動を良しとしない人たちも少なくないし、「アメリカ帝国」の象徴的存在と毛嫌いする向きもある。また、隠密行動が多い謎の組織だけに、数々の陰謀論が好き勝手に語られており、極悪組織のイメージも一部で広がっている。

しかも、日本のみならず世界各地で工作を実施しているスパイには、キヨが養成して送り出した生徒たちも多くいるために、彼女自身もそうした活動と無関係ではない。また携わってきた活動について深く詮索されても、職務で得た情報については基本的に答えることはできない。退職後でも、親しくない日本人にＣＩＡだった事実を明かしたがらなかったのには、そういう背景もあったのだろう。

退職後という意味では、キヨがＣＩＡを退職してからすぐ、ＣＩＡには望ましくない注目が集まった。

二〇〇一年の米同時多発テロ後に、イラクのサダム・フセイン政権が大量破壊兵器を所有しているという不正確な情報をＣＩＡがもたらしたことを根拠とし、二〇〇三年からイラク戦争が勃発したのだ。現在までも、隣国シリアを巻き込んで混乱は続いており、イラク戦争にからんで四〇万人以上とも言われる人々の命が奪われたとされる。

ＣＩＡが方々から批判を浴びたのは言うまでもない。歴史的に見ても、ＣＩＡの活動に批判が広がり、評判が地に落ちた時期だった。

しかし、ＣＩＡは自分たちに落ち度があるとは感じていないようだ。あるＣＩＡの元幹部は、「イラク戦争の失態をどう見ているのか」という筆者の問いに、こんなふうに答えている。

「まず忘れてはいけないのは、ＣＩＡは法の下に動いているということだ。ＣＩＡは様々な活動を行なっているが、そうした活動は全て、大統領のために実施しているのであり、その評価を行うプロセスがある。（米国同時多発テロの）九・一一の後にＣＩＡがやったことは、合法的なものだったと考えているし、それについて謝罪するつもりもない。

あのテロ事件では、日本人も殺されたし、たった一日で三〇〇〇人以上が命を奪われた。それだけではない。大使館が襲撃されたり、イスラム教徒も多数殺されている。だからこそ、私は謝罪などするつもりはない。ただ完璧な組織などない。繰り返すが、覚えていて欲しいのは、私たちがアメリカ政府の指示によって法の下に作られた組織であり、アメリカ政府の機関として行動していることだ。機密事項も多いから詳しくは言えないが、あの件について、世間で言われていることの多くは単純に真実ではない」

そしてこう続けた。

「同盟国の日本にも他人事ではないということ。ＣＩＡには色々な仕事があるし、言語や文化を教えるインストラクターも、ＣＩＡを支えるかけがえのない重要な任務だ。とにかく、九・一一の前に敵の姿はわからなかったが、アメリカや日本を含む同盟国のために、ＣＩＡはリスクを背負いながら任務に当たっていることは確かなのだ」

日本語教官を超えた任務

キヨについては、こんな話もある。

長年連れ添った夫にすら、仕事についてほとんど話はしなかったというのだ。給料の額すら知らせていなかったと、ニューヨークのアキムは、彼女から直接聞いていた。もしかすると、ＣＩＡ局員として内部の話を口外しないことや、身分を明かさないという決まりごとを、とにかく忠実に守っていただけなのかもしれない。しかし、そうだとしても、なぜ晩年になってその話をするようになったのだろうかという疑問は残るのだが。

実は、取材を重ねていくにつれ、キヨが言語インストラクターの枠を超えた工作にも深く関与していた事実がわかった。例えば、日本でＣＩＡ課報員がメディア関係者をスパイにするための工作に関わったり、企業にＣＩＡスパイを送り込む工作にも従事していたのである。

インストラクターとして日本に一時滞在しているときは、諜報員らと密に連絡を取り合い、諜報活動にも足を踏み入れていた。しかも日本に赴任していた諜報員たちが、米国にいるキヨの協力を得るために、頻繁にコンタクトをとっていたことも判明している。

キヨは現役時代、誰にも明らかにできなかった職場で、日本語インストラクターとして、また、その範疇を超えて、黙々と仕事に打ち込んだ。そして組織内で、華々しい実績を残している。ある元同僚は、キヨはゆっくりとだが堅実にキャリアを登ってゆき、最後にはほかの誰も得られなかった評価を受けたのだと、キヨの死後に知人に話している。

キヨがCIAの仕事から引退したのは、七七歳のときだった。退職した際には、当時の女性言語インストラクターとして最高位となるメダルを、CIAから受け取った。さらに言えば、CIAで史上最も高いランクまで上り詰めた日本人であると、局からも告げられたという。

キヨは晩年、アキムとアンジェラの二人に、何度となくこう言っていたという。

「私はCIAで、ガラスの天井を突き破ったのよ」と。

この賞は、CIAの管理部門幹部によって承認され、キヨには授与に先立って、

「この授与についてCIAの外部の人間に知らせるかどうかについて、CIAはあなたの判断に委ねる。非常に近い友人や近親者のみに知らせることが推奨される」

という文書が送られた。とにかくCIAにかかれば、どんな情報も慎重に扱わなければならないのである。その後、メダルとともに授与された賞状には、CIAのレターヘッドの下にこう書かれている。

「キヨ・スティーブンソンが、三二年以上にわたって中央情報局に対して誠意をもって任務

を果たしたことを讃えて、ここに優秀賞を授与する。スティーブンソンは、現場でもＣＩＡ本部でも、優秀な仕事をした。言語インストラクターとしての、プロらしい能力、卓越した仕事ぶりは表彰と敬意に値する。スティーブンソンの任務への献身さ、突出した不屈の精神、確固とした労働倫理は、中央情報局の使命に多大なる貢献をし、彼女自身の評価だけでなく、連邦政府の評価にもつながった」

キヨは日本で作戦に従事するたくさんの諜報員に、日本語や日本文化について教え、日本で実際に働けるスパイを長年、養成した。

そしてキヨから学んだスパイたちは、日本の戦後史の舞台裏で見事な活躍をした。キヨはそうしたスパイたちの活動も裏でかなり支援している。

彼女の活動を総合して見ると、この賞状にある文言には、機密であるがゆえに文面に書き残せないキヨの貢献に対する評価も含まれているのではないか。だからこそ、言語インストラクターとしてそれまで誰も得ることがなかった最高位のメダルを贈られるほど評価されたのだろう。

第二章　語学インストラクターと特殊工作

三三歳当時のキヨ。結婚後、日本から永住のために
米国へ渡る際のパスポート

日本国内におけるCIAの活動

二〇〇四年一〇月二日、ワシントンDCで開かれた東京女子大学OGの集まりで、CIAの日本語インストラクターだったことを打ち明けたキヨは、さらに話を続けた。

「スパイの中には、ものすごい人がいてね……」

冷戦時代、対ソ連作戦でCIAのスパイとして活躍した教え子について、語り出したのである。対ソ連作戦といっても、従事するのはロシア語に堪能なスパイだけではない。日本国内で、対ソ連作戦を展開し、関連情報収集や特殊工作を行う者もいる。逆にソ連も、日本の防衛庁（現在の防衛省）の職員やジャーナリストに接触して、対米情報を収集していたことは周知の事実である。

「フォトメモリという能力があるのだけど」

フォトメモリとは、正確には英語で「フォトグラフィック・メモリ」と呼ばれる能力で、その特殊能力を持った者は、見たものを写真のようにそのまま記憶できるという。

実はこのフォトメモリについては、米国でも長く議論になっている。そんな能力は存在しないという学者もいれば、実際に調査して能力を持った人たちについて報告した例もある。ここではその論争には深く入らないが、とにかく視覚による抜群の記憶力をもっているスパイだったということだろう。

　キヨは続けた。

「そのスパイは、通常なら二〜三年でマスターする日本語のプログラムを、なんと一年で終わらせた。もちろん三段階あるテストはすべて難なく合格。私が見たなかでもっとも優秀なスパイだったわ」

　その人物は、日本国内における対ソ連作戦のチームで、大使館など、ソ連関連の施設などで使われる電気回路などを瞬時にフォトメモリで記憶する仕事をしていたという。

　この話には参加者たちも驚きを隠さなかった。誰かが「それはちょっとすごいわねえ」と漏らした。

　この話を聞いて、会に参加したメンバーは、キヨの「ＣＩＡで働いていた」という告白が事実なのだと納得したという。キヨはこの会以降、信頼できる知り合いには折を見て、ＣＩＡのスパイに日本について教えていたことをこっそりと告白するようになったという。

　キヨがＣＩＡで本格的にスパイ養成を始めた一九六九年、日本の衆議院内閣委員会では、国内におけるＣＩＡの活動が議題に上っていた。

九月に開かれたその委員会で、後藤田正晴・警察庁長官は苦しい答弁を続けていた。質問者は、のちの村山富市政権で郵政大臣を務めることになる社会党の大出俊議員。大出と言えば、委員会での鋭い質問に与党が答弁できずに審議が中断されてしまうことから、「国会の止め男」という渾名で呼ばれた議員だった。

大出は、内務官僚出身で警察庁長官まで上り詰めた後藤田が、日本でのＣＩＡの活動をどの程度把握しているのか、追及していた。後藤田はおそらく、当時の日本で誰よりもＣＩＡの活動を熟知している日本人の一人だった。

彼はこう答えている。

「この種の機関（ＣＩＡ）は、そう容易に私どもの目に触れるような活動はしておらない……私はそういった機関が具体的に国内でどのような活動をしておるかということは、具体的な事件が発生しませんと、ちょっと私どもとしてはわかりにくいというのが実情でございます……ＣＩＡとの接触は全然ない、こういうことでございます」

後藤田はのちに自民党から国政に進出し、内閣官房長官、法務大臣、副総理にまでなる人物である。

そもそもキヨが入局する前から、ＣＩＡは日本の戦後史の舞台裏で暗躍していた。例えば、莫大な資金を投じた日本に対する政治工作はその一例だろう。

後藤田の答弁よりずっと前の一九五五年、「自由民主党」という政党が誕生する裏で、Ｃ

ＩＡは密かに多額の資金援助などで極秘工作を行った。そしてそのあとも、ＣＩＡは自民党などに資金を投入し続けてきた。その目的は、日本で民主主義・資本主義を根付かせ、左派を弱体化させ、アジア地域で共産主義化が進まないようにすることだった。

こうした政界工作の事実は、一九九四年一〇月にニューヨーク・タイムズ紙の一面に「五〇年代、六〇年代にＣＩＡが日本の右派に数百万ドルの支援をしていた」という見出しで掲載された記事でも暴露されている。この「右派」とは、言うまでもなく自民党のことである。

そしてこの記事には自民党所属の大物国会議員として後藤田が登場する。当時すでに「インテリジェンスのなんたるかを深く理解している」と評されていた後藤田は、自身が警察の高級官僚だった時代について、こんなコメントをしている。

「私はＣＩＡと深い関係を持っていた」

警察庁長官当時、大出の質問に対して答弁に窮したのは、当然のことだったのだ。

米国務省は二〇〇六年、米政府が日本政界などに対して工作をしてきたことを認める文書を公開している。『アメリカ合衆国外交文書・ＶＯＬＵＭＥ　ＸＸＩＸ・パート２』という文書には、こんな記述がある。

「アイゼンハワー政権（五三〜六一年）は、一九五八年五月に実施された衆院議員選挙の前、ＣＩＡが親米の保守派政治家たちに、『アメリカのビジネスマンからの寄付』という名目で極秘の資金を提供することを承認した」

さらに、鍵となる政治家たちへの金銭的支援は「一九六〇年代に入ってからも選挙で継続された」と記されている。

最近までに機密が解除された様々な過去の文書を読むと、ＣＩＡは一九四七年の設立からずっと、日本に深く浸透して、極秘活動を続けてきたことがわかる。

教え子の述懐

ニューヨークの博物館で落ち合い、カフェでインタビューをしていた元ＣＩＡ諜報員のローレンス・マーテル（仮名）は、大きなガラス窓に沿って設置されている長テーブルの一番奥の席で、目の前の歩道を忙しく行き交う人たちにチラチラと目をやりながら、こちらの質問に答えていた。

日本語プログラムの「センセイ」だったキヨとの思い出について一通りの話が済むと、ローレンスは口早に尋ねた。

「それで、他には何が聞きたいのかね？」

「では、神奈川県内のＣＩＡの学校に滞在したあと、あなたはどんな活動をしていたのでしょうか？」

そう質問すると彼は、

「機密だから詳細は話せないが……」

と苦笑した。

確かに、ＣＩＡ関係者は、極秘工作など機密事項を漏らすと罰せられる可能性がある。それを考えれば、ローレンスが慎重になるのも当然である。じっと、次の言葉を待った。ローレンスは、意味深長にひとつ息をついて、「一九九〇年代までに日本には何度か駐在したよ」と言った。

彼はバージニア州のＣＩＡ訓練施設で一年間、キヨから日本語や日本文化を教わってから、七〇年代初めに神奈川県に移動した。そこで一年間、日本語を学んだ。神奈川県でプログラムが終了して検定試験にパスすると、すぐに大使館へ配属され、現場に放り出されたという。ローレンスは、仔細は語れないと言いながらも、日本ではもちろん、ずっと凡百の諜報・工作活動が行われてきたと認めた。ただ彼が現場に出るようになった時点で、後藤田の発言や米政府文書が証明している通り、すでにＣＩＡ諜報員は政府中枢に深く入り込んでいたと話す。しかも、自民党を始めとする政界への裏工作は言うまでもないが、日本社会に対する工作活動も活発であったと、ローレンスは言う。

後述するが、キヨがワシントン周辺や神奈川などで日本語インストラクターとしてＣＩＡ局員などを養成するようになってからは、ローレンスのような日本語教育を受けた諜報員たちが、日本でスパイ活動を引き継いで担っていくようになった。ＣＩＡの対日工作を支えていた諜報員たちは、多くがキヨの教え子だった。

諜報員の活動はほとんどがトップシークレットであり、その詳細が明らかにされることは近い将来もないだろうが、実際にその現場にいた人たちの証言を拾うことはできる。キヨが送り込んだ諜報員たちは、日本でどんな任務に当たったのだろうか。

その一例として、ローレンスは日本で実際にあったエピソードを話してくれた。彼は、「日本で聞いた話だがね」と、わざとらしく強調して、笑った。この話は、CIAのスパイ工作が、政界のみならずマスコミにも及んでいたことを示す例である。

しかもこの工作には、キヨも深く関与していたという。

対象が「困っていること」を探れ

CIAの諜報員が、ある全国紙の名の知れた記者を、エージェント（現地の協力者）として取り込もうと画策していた。しかも協力者に仕立てて情報を提供させるだけでなく、記者を意のままに動かすことまで狙っていた。記事の方向性などに影響力を行使できれば、日本に対する世論操作にも使える。

ある日のこと。この諜報員は、目を付けていたその記者が大けがをしたことを知った。しかもしばらく入院することになるとの情報を得たことで、日本語が達者なこの諜報員は、出張で日本に滞在していたキヨに、アドバイスを求めた。

キヨは、入院先として考えられる病院に片っ端から電話をかける際に、少し威厳ある物言いで尋ねるよう指示した。

「見舞いに行きたいのだが、○○新聞で記者をしている××さんは、そちらに入院しているということで間違いないかね」

当時は今のように、厳重なプライバシー保護が求められる時代ではない。電話に出た受付もナースも、会社の上司でもあるかのような物言いの人物からの問い合わせに、何の疑いもなく調べてくれた。こういう機微も、キヨは生徒たちに教えたという。

記者の入院先が判明するまでに、それほど時間はかからなかった。

次に諜報員は、キヨの指示に従って、記者の署名記事を中心に調査し、ジャーナリストとしての仕事ぶりや記事の内容などについて褒め称える手紙をしたため、入院中の記者宛に郵送した。

「私はあなたの仕事ぶりを尊敬しております」

とまで書いたという。そして、その手紙が届く直前のタイミングを見計らって、諜報員は病院への見舞いを敢行した。

「突然の見舞いで、大変失礼いたします」

「どなたですか?」

記者が見知らぬ外国人の訪問に面食らったのは言うまでもない。

「米大使館の政治担当オフィサーをしている者です。普段から、あなたの仕事には感服しており、入院されていると聞き及びまして、たまらずお見舞いにまいりました」

病室で突然そう言われて記者は、悪い気はしなかった。しかもきちんとした身なりの外国人が来たとなれば、鼻も高い。

「まあ、お座りになって」

あっけなく、諜報員の見舞いを受け入れたという。

諜報員は、通り一遍の話をして席を立った。そして、この突然の見舞客が帰ってからすぐに、記者宛に封筒が届いた。それは、見舞客が決して怪しい者ではなく、正真正銘の「米国政府関係者」だったとわかるような丁寧な手紙だった。

「具合のほうはいかがですか？」

それから諜報員は、こまめに病院に通い、大使館などの米関係施設や米軍基地の売店などで確保した、一般には入手困難な雑誌や食品を差し入れた。ほとんどは決して高価なものではないが、時に、米国製のウィスキーなども持っていった。日本人とやりとりする際に、何が喜ばれるかなど、ちょっとした「豆知識」はキヨの授業から得ていた。

それだけではない。記者が職業柄、何よりも欲しいアメリカ関連の情報を少し話したりもした。見舞いの際の記者との会話では、いつも何か記者が「困っていること」はないかを探ろうとした。

「私たちは国に仕える身ですから、自由は利かないですよ。給料だって、大した額ではないですから」

少し「離れた」ところから、カネの話を放り込んでみた。すると、そこから広がった話のなかで、記者がぽろっとこんな話をしたという。

「いやあ、入院なんて予想もしなかったのでね。入院費の支払いもたまってしまって、大変な状態ですよ」

諜報員が「しめた！」と思ったことは想像に難くない。この話は大きな収穫だった。

しばらくして、諜報員は切り出した。

「治療費の足しになるような、援助もできますよ」

金銭的な援助を申し出たのだ。そしてそのタイミングで慎重に、治療費の援助と引き換えに自分が記者にお願いしたいことを告げた。

こうした努力が実り、このベテラン記者は退院後、金銭を受け取る立派な協力者となった。それ以降、記者はその職務にあるからこそ得られる政府や企業の情報をＣＩＡに提供するだけでなく、ＣＩＡの望む通りの記事を書き、その関係は、記者が新聞社の論説委員になってからも続いた。

このミッションが成功した裏には、キヨの存在があったのである。

ここでローレンスの話に出てくる「困っていることを探る」というのは、情報機関の諜報員などが協力者をリクルートする際にはよく使われる常套手段である。

例えば、最近の例だが、日本の情報機関でも同じようなケースがあったと聞く。しばらく前に、コンピューターに不正アクセスをしてパスワードやクレジットカード番号を盗み出していたハッカーが当局に逮捕された。この人物を協力者にしようと考えた情報機関の関係者は、このハッカーの銀行口座などを調べ、かなりカネに困っていることを察知した。そして保釈後、ハッカーに接触し、カネを提供するという約束をして、協力者にしてしまったという。

とにかく、「弱点」を見つけ、脅すわけではないが、そこを突く——。これこそ、情報機関関係者の基本と言ってもいいのかもしれない。

実は、過去を振り返っても、大手新聞社にはこうしたCIAに取り込まれた協力者が少なくないという。マスコミに対するこの手の工作は、戦後にアメリカの心理戦略委員会（PSB）が日本に対する心理戦を展開するようまとめた一九五三年策定の「PSB—D27（対日心理戦略計画）」という機密文書で明確に指示されている。

PSBは、一九五一年にトルーマン大統領によって設置され、「心理工作を実施する権限を与え、より効果的な計画立案や協力を提供し、承認された国の政策の枠組みの中で心理工作を実施する」ことを目的とした。

この「PSB—D27」計画は、日本の世論を操作しようとするアメリカの政策であり、

「中立主義者や共産主義者、反米感情に対抗する」ために、「日本の知識層に影響力を行使し、反共産主義の勢力や、すみやかな再軍備に賛同する人たちを支援し、日本とその他の極東にある自由主義の国家との相互理解を推進する」ことを標榜している。

二〇〇二年に機密解除されたＣＩＡの文書によれば、この「ＰＳＢ―Ｄ27」を当時、ＣＩＡが本格実施するよう指示が出されている。つまりアメリカは国の政策として、日本国民の考え方をコントロールしようとし、その政策を推し進めるためにＣＩＡが実際に行動したのである。

記者を協力者にしたこの話はひとつの例に過ぎないが、日本政府やマスコミなどへの工作は、その後も活発に続けられた。

沖縄返還問題での裏工作

キヨが任務をはじめたばかりの頃、ＣＩＡにとって、最大の関心事のひとつには、沖縄の返還問題があった。

沖縄は一九四五年の終戦から、アメリカの施政権下に置かれていた。だが、米兵による犯罪が相次ぐなどして、住民の怒りと不安が渦を巻く。例えば一九五五年九月には、三一歳の米兵が六歳の少女を誘拐。強姦して、腹部を切り裂くという、残忍でセンセーショナルな事件が起きている。そんな事件が起きても、沖縄には捜査権も裁判権もないという状況下で、沖縄の人々が憤りを隠さなくなっていくのは自然なことだった。

また一九六五年二月に勃発したベトナム戦争で、沖縄が後方基地となったため、住民の間では、反米感情がますます強くなっていった。米軍は当時、「沖縄なくしてベトナム戦争は継続できない」と宣言しているが、沖縄の人々にとっては、第二次大戦の記憶に起因する反戦意識に加えて、ベトナムから一時休暇や帰還などで退去してきた米兵による不法行為が増えるという懸念が強まるだけだった。

沖縄の返還を求める声もどんどん高まりつつあった。そんな沖縄で混乱が激化しないように、CIAは反米勢力を抑えるための工作に動いた。

例えば、沖縄には琉球政府の立法機関である立法院があり、数年に一度、立法院議員総選挙が実施されていた。そうした選挙では、裏でCIAが動いて、返還運動が暴発しないよう、自民党を介して穏健派に資金を援助するなどの工作を行った。

CIAは沖縄にも軍事拠点のようなオフィスがあり、そこから沖縄だけでなく対中国作戦など、東アジア地域での工作も実施していた。今も昔も、沖縄が「揺れる」際には、CIAをはじめとする米国の情報機関が蠢《うごめ》くのである。

それでも六〇年代後半になると、沖縄の返還が確実視される情勢となる。争点は米軍基地の使用や核兵器の扱いなど、どんな形で本土へ復帰するかに移っていた。七〇年には、コザ市（現在の沖縄市）で、米軍に抗議する、市民による大規模な暴動が発生するなど、混乱が増していった。

ここでも、CIA諜報員らは工作に動いている。前述したキヨの教え子である、ローレンスもその一人だった。

「CIAは反米勢力に対して、当時、沖縄に出入りするのに必要だった入域許可書の発行を拒否し、沖縄または本土への渡航を制限するといった対策をしていたよ。もちろん、メディアへの工作で反米意識を高めないよう、コントロールもしていたしね」

とローレンスは証言している。また彼は、返還直前に、東京で日本の政府高官らと沖縄の問題などについて調整に奔走した。

「日本政府の高い地位にいる人たちとやりとりしていたよ。彼らとは密に連絡しあっていたけど、私たちと接触するのに高官たちはかなり神経をとがらせていたけどね」

ロッキード事件とCIAの闇

キヨの養成したスパイの多くが現場で活躍するようになってから、日本で起きたCIA絡みの大きな出来事と言えば、真っ先に挙げられるのはロッキード事件だろう。元諜報員のピート・ジャコビー（仮名）は、ロッキード社の工作が行われていた時期、日本に駐在していた。

戦後日本史上でも、あまりにも有名なロッキード事件とは、一九七六年二月に、米上院の外交委員会多国籍企業小委員会の公聴会で取り上げられたことにより発覚した、国際的な贈収賄事件だ。

この事件では、アメリカの航空機メーカーであるロッキード社が、ジェット旅客機を全日空に売ろうと画策した際に、様々な裏工作により大金が動いたとされた。ロッキード社は、同社の代理人になった大物の右翼活動家、児玉誉士夫にコンサルティング料として二一億円ほどを支払い、その中から五億円が日本の商社、丸紅を通して、航空機購入に影響力を及ぼすことができた田中角栄首相に渡ったとされた。事件発覚時、田中はすでに首相の座を退いていたが、「闇将軍」と呼ばれ、絶大な影響力を維持していた。この事件は、関係者が何人も変死するなど、政治にからむ大規模な贈収賄事件として歴史的な騒動となった。

結局、田中元首相は逮捕された。その後は長く裁判が続けられていたが、田中はまだ裁判が継続中であった一九九三年にこの世を去っている。

このケースに、ＣＩＡの関与が取り沙汰されてきたのである。

米ニュー・リパブリック誌（一九七六年四月一〇日号）は、米情報機関の関係者のコメントを引用し、

「ＣＩＡは、航空機を売る工作で多額の現金を配ってきたロッキード社を、児玉のような人物に秘密裏に資金を送るための隠れ蓑にしていたのだろう」

と、指摘している。

右翼の大物だった児玉誉士夫は、戦後にA級戦犯容疑で巣鴨プリズンに収監されたが、釈放されたあとに、CIAの協力者になっていたと言われている。

すでに述べたように、CIAの目的は日本への内政干渉であり、左派の台頭を防ぐために、保守的な自民党にできる限り支援をする狙いがあった。記事ではさらに、

「CIAの戦略は、日本政界で中道から右寄りにいるすべてに影響力を行使することであった。ただ左派の野党から保守派を守るために、工作は極秘でなければならなかったのである。ロッキード事件の捜査に精通するアメリカ政府幹部によれば、CIAは米政府の外交政策目的を果たすために、ロッキード社による金銭的な工作を指揮してきた可能性がある」

と、CIAが裏でロッキード事件の糸を引いていたのではないか、と書いている。

それまでのCIAによる政界工作などを見れば、ロッキード事件にCIAが裏で関与していたと考えるのは自然なことかもしれない。

筆者は以前、アメリカの元政府関係者からこんな話を聞いたことがある。

CIA本部は、ロッキードの疑惑が出るより一〇年以上も前から、同社が日本でカネを配っていることを知っていた。というよりも、そもそもこの話は、CIAと米政府によって承認されていた工作であり、CIAはロッキード社が日本で行なっていた裏工作の全容を把握していたという。

ただ、ＣＩＡ東京支局の諜報員は、ロッキード社に勤める日本人を協力者にしていたが、この協力者が何者で、事件にどのように関与していたのかはわからない、と。

別の元政府高官は米メディアの取材に、ＣＩＡが把握していたとされるロッキード社の動きについての記録は、ほぼ残されていないと語っている。

そもそもＣＩＡは、国外で大口のビジネスを行う米企業のために、契約を取りまとめる協力をし、その見返りにマージンなどを手に入れて、その国で使う工作資金にしていたと言われている。各地でそういう作戦を実施していたというのだ。

事実、ロッキード社による汚職事件は、日本以外でも取りざたされている。オランダやイタリア、インドネシア、サウジアラビアでも、ロッキード社の飛行機を契約させるために多額の賄賂が動いたとされて大騒動になったが、そこでもＣＩＡの存在が根強く指摘されている。

ひとつ例を挙げると、オランダで同社から賄賂を受け取ったのはベルンハルト王配（ユリアナ女王の配偶者）だったが、彼は、ＣＩＡのアレン・ダレス元長官やウォルター・スミス元長官らと昵懇の間柄だった。

日本でロッキード社による工作が行われていた当時、諜報員として東京に駐在していたピートは、与党・自民党の幹部らとも密にやりとりをしていたことは認めている。ただ、筆者の質問がロッキードとＣＩＡ東京支局の関係に及ぶと、

「何も知らない」

と繰り返し、それ以外のロッキード事件をめぐる具体的な質問にも、ピートは口を噤《つぐ》むばかりだった。

特殊工作への関わり

では、ロッキード社による工作に、キヨが何らかの形で関与していたということはないのだろうか。

そう水を向けると、ピートは、

「彼女が日本で工作をしていたかどうかについて、真実が出てくることはないでしょう。ただこれだけは言えます。細かいところは話せませんが、日本にも渡航していたはずですし、何らかの協力をしていたと言ってもいいでしょう」

キヨの知り合いや関係者などによれば、この頃、米国にいたキヨのもとへ、日本にいる諜報員からしょっちゅう電話や手紙などで連絡が来ていた。近所に暮らしていた友人のドイツ人、ヘルガ・トルダも、キヨが、

「普段でも日本からよく仕事の連絡を受けていて、米国でやりとりをするために、夜中も仕事をしている」

と漏らしていたのを覚えていると言う。

これには、背景がある。東京支局に属するＣＩＡ諜報員同士といえども、お互いに頻繁にやりとりをするようなことはない。ましてや、自分が何を追っているのかといった任務の情報も共有はしない。

スパイの世界でよく言われていることだが、工作に関係している人たちがすべての情報を共有すると、一人が拘束されるなどすれば工作の全容がバレてしまいかねない。

つまり、それぞれが自分の与えられた任務をこなしており、自分がどういう大枠の作戦に従事しているのかを知らないケースもあるのだ。そうした事情から、個人プレーでの判断を求められる局面が多く、米国にいるキヨを頼る者は少なくなかったという。

関係者と接触する際に注意する点は何か、疑惑が取りざたされている政治家とのやりとりで注意すべき点は何か、アドバイスだけでなく具体的な指示を求めてキヨに直接、連絡を取っていた諜報員がいたということだ。日本との時差もあり、必然的に電話は夜遅くになったのだろう。

実は、キヨはすでに述べたような新聞記者を取り込んだ作戦のみならず、後述するように、渡米前の戦前から戦後の日本で富裕層の家庭で育った頃の人脈もあったため、その流れから協力者の獲得という日本国内での特殊工作にも携わっていたという。

「日本企業などに太いパイプを持っていた有力な日本人たちを介して、ＣＩＡに協力していた日本人スパイを、大手企業に送り込んでいた」

との証言もある。

キヨはもともと政府系だった企業などにも人脈を持っており、諜報員や協力者などの情報提供や、就職斡旋にも関与していたのだ。

生前のキヨを知る人たちによると、とにかくキヨはフットワークが軽く、「雑談で湧いて出たようなアイデアもすぐに実現に向けて行動に移すところがあった」と異口同音に言う。人を紹介した場合、その後ですぐに動いて、あっという間に大事な交渉をとりまとめた。

ある元諜報員によれば、

「もちろん、キヨが日本に来る際には、日本国内にいる知り合いの有力者などとも顔を合わせ、情報を仕入れて、諜報員らにも報告していた。企業文化などといったバックグラウンド情報も現場に伝えていた」

と言う。

こうした話を総合すると、日本でＣＩＡが関与していた様々な工作には、キヨがインストラクターという枠を超えて、その活動に関わっていたということが見えてくる。

数々のＣＩＡ局員を養成しながら、日本にスパイを送り込んだり、日本での工作に関与する日々を送っていたキヨだったが、ＣＩＡに入局したのは四六歳のときだった。彼女がキャリアをスタートさせたのは、かなり遅かったのである。

その理由は、彼女が仕事を始めるまでの、平坦ではない長い道のりがあったからだ。CIAに入局するまでのキヨの人生は、自らの思いを押し殺した、苦悩に満ちたものだったと言える。そして、取材を進めると、その苦しみの根源は、彼女の幼少時代にあったことが見えてくるのである。

キヨが東京で生まれたのは、一九二二年、大正一一年九月のことだ。まだキヨ・ヤマダではなく「山田清」だった彼女は日本で一体どんな人生を歩み、日本を後にすることになったのだろうか。

第三章　生い立ちとコンプレックス

東京女子高等師範学校の附属に通ったキヨ。
コンプレックスを抱えた少女だった

東京の下町に生まれて

山田清が生まれた大正時代（一九一二年〜一九二六年）は、日本の近代史において、新たな変化の萌芽が見られた時代だったと言える。

欧州では第一次大戦が勃発し、日本が初めて世界規模の戦争に参加することになったのも大正だった。国内に目を向けると、民主主義的な変化を求める運動、いわゆる「大正デモクラシー」が盛り上がり、一九二五年（大正一四年）に男子に選挙権が与えられる普通選挙法と、同時に治安維持法が制定されるまで政治運動が活発に続けられた。女性参政権を求める気運が高まったのもこの時期である。

また大正時代には、「新らしい女」という「人種」も出現していた。一九一八年（大正七年）に刊行され、当時の新語句を平易簡明な解釈でまとめた小山内薫編著『文芸新語辞典』（春陽堂）では、「新らしい女」という言葉を次のように解説している。

「女は長い間男の附属物として育てられ、その性質も男の都合のいい様に馴致《じゅんち》せられて来たが、それが近来女も漸く自己本然の姿を顧る事を知って、男から受けた強制的なものを凡《すべ》て振り捨てようと考えた。これが乃《すなわ》ち新らしい女で、道徳上では女子の個性解放となり、政治上では参政権獲得運動となった」（新漢字、現代仮名遣いに改めた。以下同）

歴史専門家のなかには、大正時代は、大衆文化や消費社会、そしてメディア社会など現代社会の祖型が出現した時代だったと見る者もいる。ただこうした潮流は、昭和に入って軍国主義の傾向が強まり、第二次大戦が激化するにつれて沈静化することになるのだが、キヨが少女時代の頃は、そうした空気が多分に残っていた。

キヨが生まれたのは、一九二二年（大正一一年）九月二九日のことだ。東京市深川区深川東大工町（現在の江東区白河）に暮らす裕福な家庭に、三人きょうだいの末っ子として生まれた。

キヨはもう少しで満一歳になろうかという一九二三年九月一日、日本を揺るがす事態に遭遇する。

関東大震災である。

午前一一時五八分、東京を中心にマグニチュード七・九の大きな揺れが襲った。昼食の準備のために火を使っている家が多かったこともあって、倒れた家屋から方々に火の手が上がり、東京と横浜は大火災に見舞われた。東海地域にも被害が及んだこの地震で、死者は一〇万五三八五人、二九万三三八七戸が全潰・全焼した。まさに未曾有の震災だった（吉川弘文館『日本歴史災害事典』より）。

深川区も被害は甚大で、キヨの自宅周辺はほぼ全焼した。

当時の様子をのちに聞かされたというキヨは、知人にこんな話をしている。

「街は、暴徒が出たという噂が流れたりして、大変な混乱状態だったらしい」

東京女子高等師範学校（現在のお茶の水女子大学）附属高等女学校の同窓会誌によれば、当時、ある女生徒はこんな記録を残している。街では自転車に乗った何者かが「逃げかくれよ」「朝鮮人が刃物を持って攻めて来ますから、女や子どもは隠れてなさい」と叫びながら走り回っていたという。東京の目黒から朝鮮人の暴徒が襲ってくるというのである。同じ頃、あちこちで同様の騒ぎになった。人々はパニックになったが、翌日には、朝鮮人にからむ騒ぎは、「全部、事実無根なのに、一部の人たちが流言を放った。朝鮮人は抵抗せずに従順であるから、暴力を加えるべきではないとお達しが回った」という。

震災後、一家は、東京市麻布区麻布《あざぶ》笄町《こうがいちょう》（現在の西麻布と南青山の一部）に居を移す。キヨはそれから、麻布笄町の立派な邸宅で、何不自由なく暮らした。

麻布区のもっとも渋谷寄りの地域にあった自宅は、すぐ近くには日本赤十字社病院と同産院があった。病院前の道路は長い商店街として、お店が南青山の高樹町通り（現在の骨董通り）にまで連なっていた。商店街から一本入った辺りは三井財閥の御屋敷町で、キヨの自宅もその一角にあったという。

キヨは、祖父と両親、七歳違いの姉、五歳年上の兄、そして女中と暮らした。母親は一二代続く肥料問屋の一人娘だったことから、婿を迎えて家を継ぐことになった。

自宅は西洋スタイルの家で、玄関前にはコンクリートが打たれたきれいな三段の階段があった。階段を上がり、観音開きのガラス扉を開けると、そこは大きなドアがある玄関になっていた。家の中ではスリッパを履いて生活をした。当時の資産家らしい西洋的な生活のなかでも、古風な母親は毎日必ず着物を身につけており、西洋の薬などは信用していなかったらしい。

子どもたちは、裕福な家庭の子どもしか通えなかった学校に通った。兄は幼稚園から学習院。姉とキヨは幼稚園から女学校まで、東京女子高等師範学校の附属に通った。キヨは子どもの頃からいつもショートカットで、ボーイッシュな少女だった。幼稚園時代は女中が学校の送り迎えをし、幼稚園にはそんな女中たちのための待合室まであったという。小学校に上がってからは、キヨも他の子どもたちと同じく、一人で学校に通うようになった。

姉妹間のコンプレックス

休暇になれば、箱根の富士屋ホテルで過ごすのが一家の恒例行事だった。キヨは一九八三年にアメリカ人の夫と共に富士屋ホテルに再び滞在している。子どもの頃に家族で滞在した際の情景をはっきりと覚えている、と夫に言った。

「いまも姉が、富士屋ホテルのプールに飛び込むのに、両親に『こっち見て！』と声を張り上げる姿が目に浮かぶわ」

そのプールサイドに立ち、キヨは目にいっぱい涙を浮かべていたという。

そんな姉との関係は悪くなかったが、実は良いともいえなかった。姉は学校でも非常に勉強ができる優等生だった。よくある話で、キヨは常々、「あなたのお姉さまは、とても優秀な生徒さんだった」と教師に嫌味を言われ、子どもながらに劣等感が募った。ピアノも上手で、厳格な祖父に言われるまま、毎朝数時間、自宅のピアノで練習をしていた。キヨもピアノを習ったが、常に「できる娘」である姉と比べられ、決して楽しいものではなかった。ただ自宅にピアノがある環境がいかに恵まれていたかについては、当時は知る由もなかったという。

キヨは後年、ピアノを習ったことはいい経験だったと語っている。のちに、大学の同窓生で長年友人だった久子・ハラスに、キヨは、

「ずっと前に縁談相手が興信所を使って私のことを調べた報告書を入手したのよ」

と話し、こう続けた。

「素人としてはピアノ演奏に長《た》ける、と書かれていたのよ」

大人になっても趣味としてピアノは続け、その腕前は相当なものだった。時間があるときはピアノの前に座って、鍵盤に向かった。友人たちを招いて自宅で食事会をする際には、ピアノを披露することもあったという。

優秀だった姉は、成人してから、油絵を描く芸術家の道を志した。キヨが米国で長年暮らした自宅には、姉が描いた一メートル四方の絵が階段の壁に飾られていた。その絵には、苦悶する表情の赤い女性の顔が二つうっすらと描かれて、その上には真っ黒な太いバツが描かれている。キヨ宅を訪れた人の多くが、その絵を少し気味が悪いと感じていたという。

姉は結局、ずいぶん年上の日系アメリカ人の男性と結婚し、しばらくアメリカのイリノイ州で暮らしたという。そして、子どもをもうけることなく四〇代の若さで亡くなった。キヨは大人になってから、周囲に「うちの姉は変わり者でね……」と言うばかりで、あまり多くは語らなかった。実はキヨはその日系アメリカ人のことをあまり好意的には見ておらず、同じアメリカにいた期間も、行き来することはほとんどなかった。

学校では、キヨも勉学には励んでいた。当時、東京女子高等師範学校の附属は恵まれた家庭環境に育つ、選ばれた生徒たちが集まる学校だった。レベルも高かったため、ついていけない子どもも少なくなかった。そんな生徒は、諭旨退学とされ、教師が世話をして別の学校に転校させた。

家付き娘の母は、根っからのお嬢さん育ちだった。そのため、家で育児や家事は一切せず、すべて女中に任せた。キヨは幼い頃、ずっと女中の背中に負われて育った記憶を鮮明に覚えており、

「そのせいで足がO脚になってしまったから、女学校の頃に両足を縛って寝て、それを矯正

したのよ」

　と語っていた。

　この「足を縛って寝た」というのは微笑ましい昔話にも思えるが、実はキヨにとっては笑えない苦い思い出のひとつだった。彼女がのちに周囲に話したり、手紙に残している子ども時代の様子を総合すると、経済的に恵まれた家庭で育ったにもかかわらず、キヨはどうも自分の子ども時代にほとんどいい思い出がなく、いつも実家から逃れたいと感じていたことがうかがえる。それどころか、子ども時代がトラウマにすらなっているようだった。

　キヨにとって、辛い記憶のひとつに女中との関係があった。あるとき、女中から衝撃の話を聞かされる。

「実を言うと、キヨさまは望まれて生まれたのではなかったのですよ」

　この「望まれていない」という言葉は、幼く無垢なキヨの心を深くえぐり、脳裏に焼き付いた。それ以降、例えば女中が姉を「お嬢さま」と呼ぶのに、自分のことは「キヨさま」と呼んでいたことにも、軽視されているような違和感を感じた。

　自分の名前にも、疑心暗鬼になった。「清」という漢字一文字の名前のせいで、「きよし」という名の男性だと間違われることが多かった。そして、その名前からも、本当は「自分の代わりに望まれていた男の子につける予定だったのだろう」と訝しんだ。

　さらにはお風呂に入る順番すら気になった。昔は家の主人が一番風呂と決まっており、山田家も例外ではなかったが、最後に入るのは最も年少だったキヨ、そして次に女中だった。家族で女中とほぼ同じように最後に風呂を浴びるという決まりも、キヨの不信感を増幅させたという。

家族へ抱いた嫌悪感

キヨは晩年、こうした話を何人もの知り合いに吐露している。それほど、この頃の記憶が心に深く刻まれていたということだろう。

思春期に入っていくなかで、キヨは家族に対しても嫌悪感を抱くようになっていった。その原因は、山田家の男たちだった。非常に保守的で厳格な祖父は、よくできる姉ばかりを大事に可愛がり、キヨは常に疎外感を感じていた。実際に姉だけを温泉旅行に連れて行く、ということもあったという。露骨なほど、扱いに差があった。

父親は、婿養子として肩身が狭かったのか、家業にあまり深く関わろうとせず、職場に姿を見せないことも少なくなかった。それでいて、いつも服装などの格好にだけは気を使っていた。確かに当時の家族写真を見ると、どの年代でも彼はスリーピースのスーツにネクタイ姿で写っていた。品の良いおしゃれな大人、といった趣だ。結局、外に女を作って家を留守にすることも多かった。愛人を作ったのも一再ではなかった。

しかし、子ども時代のキヨを心から苦悩させたのは、誰よりも、兄の存在だった。封建的な時代にあって父親はもちろん厳しかったが、キヨは従順に言うことを聞いてきた。だがそれを見ていたからなのか、兄もキヨにとにかく辛く当たったという。兄は一九四五年（昭和二〇年）に第二次大戦の戦地で戦死したが、キヨは兄について「随分いじめられた」という記憶しかない。

ニューヨーク在住のドイツ人、アキム・コーダーマンは、まだドイツで暮らしていた七〇年代にキヨから受け取った手紙をいまも大事に持っている。キヨは五〇年代末から夫の都合で数年、ドイツで暮らしているが、そこでアキムの母親マリアンにドイツ語を教わったことで親しくなった。マリアンはその後にアキムを産むのだが、キヨは喜んでアキムの世話をしていたという。

そんなキヨが、成長したアキムに送った手紙には、彼女の子ども時代の兄に対する思いが赤裸々に綴られていた。

手紙は、ドイツ語でこう書かれている。

「兄がいる頃から、私はいつも男性から自由になりたくて仕方がなかった。日本の男性には〝弟〟のような可愛げがない。私は兄が憎かったと認めざるをえない。いつも暴君のように振る舞い、絶対に私を一緒に食事の席に着かせなかった。どうしても避けられないとき以外は、決して兄とは会話をしなかった。大好きだった散歩も一緒にしたことがない」

そして手紙の最後は、

「アキム、あなたを弟と思っていいだろうか」

と締めくくられていた。

それ以降も、キヨはアキムに何度となく兄についての話をしている。

「兄が若くして戦地に駆り出されたということについては、キヨは同情していた」

とアキムは言う。

それでも兄との苦い思い出から、戦地で散ったことにも、ずっと敬意を払えないでいたという。何の不自由もない恵まれた、ともすれば特権を享受できるような環境にいたにもかかわらず、同世代のみんなと同じように命をかけて戦地に赴かなければならなかった兄。そんな時代に生まれたことをやるせなく感じて、その思いから文句を言わない妹の私にきつく当たっていたのかもしれない――。キヨは後年、兄の心情をそう理解しようとしていたという。

そして兄の存在以外にも、実はもうひとつ、キヨを実家から逃れたいと思わせていたことがあった。

家業である。ある知人はこう話す。

「うちは、汚穢屋《おわいや》だからだめなの、とよく言っていた。それがかなりコンプレックスだったの、と」

山田家の商売は、便所から人糞尿を汲み取り、それを下肥《しもごえ》（肥料）として農家などに売る問屋だった。人糞尿は、日本では昔から下肥に使えるとして高値で取引されてきた。

当時、有名学校に入学するには、学校側が何代か前にまでさかのぼってその家庭について調べた。キヨの実家がどんな商売をしているのか、当然ながら学校でも知られていた。キヨはそれを非常に恥ずかしく思っていたという。その影響かどうかはわからないが、キヨは潔癖症なところがあり、決して学校ではトイレを使わなかったという。清潔とは言い難い学校のトイレに行かなくて済むように、極力水分を取らないようにしていたと、自ら語っていた。このトイレへの「こだわり」は大人になってからも続いていたようで、自宅には夫にも使わせない自分専用のトイレがあった。

戦前は、各家に汲み取り業者が回ってきて、人糞尿を大きな桶に掬いこみ、竹竿の両端に桶をさげて持ち運んでいた。ぽちゃぽちゃと強烈な臭いのするしずくを道に垂らしながら集められた人糞尿は、貴重な下肥として田畑に撒かれたのである。江戸時代には荒川を使って糞尿専門の運搬船で下肥を運んだ。運搬船は幅二メートル、長さ一二メートルほどもあり、長船と呼ばれた。キヨが持っていた当時の写真によれば、山田家の営む問屋は、荒川沿いに店を構え、何艘もの長船を所有していたことがわかる。

日本では戦前は肥料に人糞尿を使うのが普通だった。ドイツの世界的な建築家であるブルーノ・タウトは、一九三〇年代に訪日し、『日本の家屋と生活』（春秋社『ブルーノ・タウト著作集 第5巻』篠田英雄訳、一九五〇年）のなかで東京での生活で目の当たりにした下肥について、こう書き残している。

「東京のような大都市でも道路、特に住宅地の狭い道や路地などを歩いていると、厠臭はあたかも日本の顕著な特徴とさえ思われるほどである。それにまた水洗便所や下水道が比較的少いので、糞尿を運搬する方式がこの悪臭をますますひどいものにする。糞尿はときどき便溜から汲取り、肥桶で田舎へ運ぶのが一般であり、また東京のような都市では船へ積みこむために何箇所かへ集められる、そんな所を通りかかると鼻をつままずにはいられない。日本の農民はあまり牧畜を営まないから、もっぱら人肥を使う。つまりこれを肥溜で醗酵させ、それから田や野菜畑へ施肥するのである。これは衛生上から見てゆゆしい危険である」

キヨも子どもの頃には、タウトが描写したような景色を見ていただろう。それを自分の親は大規模に取り仕切り、家業にしていた。学校でも、教師たちや同級生たちから、自分が変な目で見られているかもしれないと感じる時期もあったという。

第二次大戦が終結すると、ＧＨＱ（連合国最高司令官総司令部）がこうした状況を問題視するようになる。まずＧＨＱの勧告で、人糞尿を直接農地に撒くことが禁じられた。人糞尿自体に寄生虫や寄生虫卵がたくさん含まれていたからだ。つまり農地に人糞尿を撒けば、野菜などにまた寄生虫が付くことになる。ＧＨＱは化学肥料の導入を推進し、東京には汚水処理場も作られるようになっていく。戦後、肥料問屋の家業は左前になっていった。

キヨの両親は、キヨがアメリカに渡ってからしばらくして亡くなり、親戚夫婦がその会社を引き継いでいた。何年かすると、夫婦はアメリカまでキヨを訪ね、一族で最後に生き残った彼女にその会社を継がせようと話を持ちかけた。だが説得も虚しく、キヨはそれを丁重に拒否した。夫婦もそのあと間もなくこの世を去ったために、実家の会社は消滅してしまったという。

キヨはバージニア州で、たまたま近所に住んでいたことで親しくなった友人のドイツ人ヘルガ・トルダに、自分の生い立ちについてこんなふうに話していた。

「家族とはずっと仲が悪かった。関係が良かったことは一度だってない。だからその状況を打ち破りたかったの。そこを離れて、世界を見たかったのよ」

子ども時代の思い出と、山田家の男たちの影から逃れるために、キヨの目は海外に向くようになっていったという。

海外留学への夢

そんなキヨは、家族に対する苦悩を抱え込みながらも、「大正デモクラシー」から続く、昭和初期に漂っていた、西洋文化が混じる「大正ロマン」や「昭和モダン」といった空気を、敏感に感じ取っていた。その時代は、日本の都市部では日常生活に小さな新しい流れが生まれていた。そのひとつが、女性の社会的活躍だった。女性の化粧や美意識の歴史を研究している「ポーラ文化研究所」は、当時の状況をこうまとめている。

「企業や官公庁の事務員、現代でいうところのファッションモデルであるマネキン、ダンサーなどといったさまざまな新しい職業に就く女性たちが登場し『職業婦人』と呼ばれました。彼女たちは、その職業にふさわしい礼儀や身だしなみも大切にしていましたが、そこに自分なりの個性を活かすおしゃれを楽しんでいました」（「やさしい化粧文化史・入門編」より）

本章冒頭の『文芸新語辞典』から一〇年以上が過ぎた一九三一年（昭和六年）に刊行された『いろは引現代語大辞典』（大文館書店）にも、再び「新しい女」という新語の説明が掲載されている。

「古来の因襲を脱して婦人の地位を時代的に、思想的に、自覚して活動する婦女子。又は新奇を追い、女としてある間敷《まじ》き行為をする女。出過ぎた女。モダーンガール」

また戦前の東京は西洋を感じることができる街だった。かなりの数の洋食レストランが存在しており、西洋文化を吸収したり、そんな雰囲気に身を置きたいと感じている若者たちが利用していた。いまはあたり前となったワッフルやショートケーキなども食べることができ、当時の日本人がこだわって淹れるコーヒーは日本にいる外国人にも絶賛されていた。

そんな空気を感じながら、東京女子高等師範学校附属の学校で、キヨは高等女学校までを過ごした。家庭の環境で屈折していたキヨではあるが、学校ではずっと溌剌として元気な少女だったという。

キヨと同じく東京女子高等師範学校附属に幼稚園から通い、六年後輩でキヨと親しかった東郷一子は、

「キヨコさん（東郷はキヨのことをそう呼ぶ）ね、私の女学校時代の渾名は『ガー子』だったのよ、と言ってましてね。うるさくて、よくしゃべるから、ガーガー言うからそんな渾名になったの、ってね」

と笑う。キヨが女学校を出たのは、一九四〇年（昭和一五年）。日本はすでに戦争のムードが漂っていた。それまでは、女学校を卒業すると女子たちは「結婚」を意識する時代だったのだが、東郷によれば、

「学校も良妻賢母教育をモットーにしていました。卒業後に家族などの勧めで結婚するというケースが多かったですね。そうでなければ、東京女子高等師範学校の名前のごとく、私たちが本校と呼んでいた教師の養成所（東京女子高等師範学校）に行く方がたまにありましたね。でもここは、地方からの秀才が主に入られていたと思います」

という。東郷は、戦前の財閥である浅野財閥の直系企業・浅野物産の社長、二宮新の娘で、キヨ同様に非常に裕福な家庭に育った。当時の財閥ともなると、桁違いの生活を送っていたらしい。例えば、東郷の父親が専務になった際には、アメリカ人の知り合いがお祝いとして、フォード社製の自動車をアメリカから船で持ってきてプレゼントしたという。

東郷は女学校卒業後、感染症を専門とする東京帝国大学（現在の東京大学）卒業の内科医と結婚し、のちにワシントンＤＣに近い米メリーランド州に移住した。

「私たちがアメリカに来た当時は、三〇〇ドルしか持って出られなかったのね。政府の規制

で。それで母が心配して、ダイヤの指輪くれましてね、『困ったらこれで、足しにしなさい』と。でも、おかげさまで売らないでよかったですけどね」

驚くようなエピソードだが、とにかく、アメリカでたまたま同窓だったキヨと再会し、親交を深めた。

そもそもキヨにとって、女学校を卒業してからすぐに結婚するという選択肢はなかった。見合いのような話はあれど、この頃までにキヨは英語教育などの専門家となる目標を見据え、アメリカ留学を目指すと決めていたという。そして日米の間に立ち、架け橋になりたいと考えていた。

そこで当時、西洋の空気が感じられたプロテスタント系の東京女子大学の英語専攻部に入学することを決めた。入試では、その当時にしてすでに英国のケンブリッジ大学とオックスフォード大学に留学経験のあった、学長の安井てつによる面接を受けたという。同校には当時、何人もの外国人教師がおり、生の英語と触れ合うことができるとも、キヨは考えていた。

その時代、日本で女性にレベルの高い英語教育を提供する学校は、官立の東京女子高等師範学校に次いで、私立の東京女子大学、津田英学塾（現在の津田塾大学）、聖心女子学院（現在の聖心女子大学）しかなかった。東京女子大学は私立三女子大のひとつとして、東京帝国大学の学生などからも人気の高い大学だった。当時、国外の日本人大使館員の妻たちは、東京女子大学の卒業生が非常に多かったという。

もともと東京女子大学の設立は、一九一〇年（明治四三年）に英国で開催されたキリスト教の世界宣教大会の場で、日本にキリスト教系の大学を作る案が決議されたことに端を発する。そしてその八年後に、『武士道』の著者で国際連盟の事務次長にもなった新渡戸稲造が初代の学長となって、キリスト教精神に基づいた女子大を開学した。建築費のほとんどは在米のプロテスタント諸教派による寄付で賄われた。

一九四〇年に入学したキヨは、豊多摩郡井荻町（現在の杉並区善福寺）にあった広大な敷地のキャンパスに通った。校内には真っ白のチャペルが建ち、コンクリートでできた白亜の校舎で授業を受けた。

現在も東京女子大学は、ＪＲの西荻窪駅から歩いて一五分ほどのところにある。これまで文化人も数多く輩出しており、例えばデザイナーの森英恵や、女優の竹下景子、作家の瀬戸内寂聴などがいる。

入学の翌年、ハワイで日本軍による真珠湾攻撃が起きると、学期末試験の時期だった東京女子大学のキャンパスでもそのニュースが大きな話題になったという。対空警戒や消火活動などを訓練する防空演習は一応やっていたが、学内は戦時中という危機感はあまりなく、のんびりとしていた。女生徒たちは洋服や袴を身に着けておしゃれも楽しんでいたというから、まだ戦争の暗い雰囲気はなかった。

大学では、級友たちと一緒に演劇部に入った。というのも、実は東京女子高等師範学校附属高等女学校のころに、運動会などで披露する集団体操のような戯曲ダンス「ファウスト」を踊ったりした経験から、ダンスや演劇のようなものには興味を持っていた。

　演劇部では、劇を創作して、生徒の前で披露したこともあった。後年、その創作劇で「みんなを大笑いさせたのよ」と、茶目っ気たっぷりに話していた。演劇ではシェイクスピアの『十二夜』が特に好きだったようで、彼女の遺品からは、ボロボロになった古い『十二夜』の英語本が発見されている。

　この頃から一九四五年（昭和二〇年）までは、第二次大戦が徐々に激化し、混迷の度も増していった。日米関係の悪化から、日本に暮らしていた二〇〇〇人ほどの英米人のうち、かなりの数が日本を離れ、東京女子大学の米国人教師たちも帰国を余儀なくされた。英語は敵性語という風潮も色濃くなり、キヨの学んでいた英語専攻部の廃止を求める声も上がった。

　当時の記録には、こう書かれている。

「一九四四年（昭和一九）からは、戦局がますますきびしくなり、すべての物資が極端に不足し、主婦は家族に食べさせるだけで精一杯であった。都会に住む者は空襲に怯え、家を焼かれ、多くの者はつてを求めて田舎に疎開した……（中略）海軍水路部、中島飛行機製作所、陸軍功績調査部が相次いで校舎や本館の地下室を接収した。その上、一九四五年（昭和二〇）一月には爆撃を避けるためといって、学校内のすべての建物をコールタールで黒く迷彩してしまったのである。こうして美しい白亜の建物は無残な姿をさらすことになり、朝夕の通勤電車の窓からチャペルの塔を眺めるのを楽しみにしていた卒業生をどんなに嘆かせたか知れない」(『東京女子大学同窓会七十年史』より)

職員や生徒にも被災や爆死するものが多数出て、「嵐に翻弄される毎日であった」という。学内には、見知らぬ軍人や工員が溢れ、もはや女子大の雰囲気ではなかった。現在、東京女子大学の象徴として建っている白いチャペルは、戦後に、改めて白く塗られたものである。

もはや英語の勉強どころではなくなりつつあったが、それでもキヨは四三年に卒業している。当時、東京女子大学は専門学校という扱いで、卒業しても大卒の学士は得られなかった。そのため、キヨはさらに進学を目指した。学士を取ることが、教師になり、アメリカ留学に近づく方法だと考えていたからだ。

英語教師として教壇に

戦局はますます厳しくなった。キヨは女子生徒を受け入れていた帝国大学二校のうちのひとつだった東北大学に入ることを決める。当時は戦時中でも非常に穏やかな空気が漂っていた仙台に居を移し、英文学で学士の称号を目指して勉強を続けた。しかし、すぐに戦禍の波は、仙台にも容赦無く押し寄せた。仙台でもキヨは戦争に翻弄されることになった。

一九四五年七月、宮城県仙台市に米軍による大空襲が行われた。

一〇〇機以上とも言われる「B29」爆撃機が爆音を轟かせ、一万発とも言われる焼夷弾を投下した。仙台市の中心部は焦土と化し、東北大学の校舎も、多くが焼失した。当時、仙台に疎開していた大学の後輩で友人の久子・ハラスは、「あの空襲ではわが家も焼けたし『B29』も拝んだ。焼け跡の凄まじさ、焼死体にびっくりして学校へ向かう途中だったのを、焼け跡の自宅へ逃げ戻ったのを思い出します」と語っている。

キヨが下宿していた知人の家も焼失した。キヨは仕方なく、仙台を離れて帰京。そして東京で終戦を迎えたのだった。

その後は、戦後の占領下のどさくさに紛れて、女子を受け入れていた東京文理科大学（現在の筑波大学）に編入し、なんとか大学を卒業した。戦時の混乱で遠回りを強いられながらも、ついに大卒の資格を手にしたのである。この時、キヨの熱意を支えていたのは、日本を飛び出して、アメリカで学ぶという確固たる信念だった。

当時、占領下の日本で「英語」はどのように扱われていたのか。バージニア州に暮らすキヨの八歳年下で、二〇年来の友人である谷口真弓は、日本で過ごした女学校時代の自身の経験をこう証言する。

「戦時中、英語は敵国の言葉だからと女学校で教えることは許されていませんでした。でも戦争が終わるとそれが一変し、占領下では直ぐに英語のレッスンが始まりました。先生が黒板に書いた言葉は今もよく覚えています。アブラハム・リンカーンのあの有名な言葉。『The government of the people, by the people, for the people, shall not perish from the earth』です。これは、人民の人民による人民のための政治は、地上から絶滅させてはならないという、戦死者の死を無駄にしないための固い決意を表しています。この言葉を聞いて、わぁ、これからは軍部の圧政によらない国造りが始まるんだわ、と飛び上がるほどの嬉しさを覚えました」

大学を出たキヨは、神奈川県藤沢市にあった湘南白百合学園で英語の臨時講師として、教壇に立つようになった。藤沢周辺で暮らすことになったキヨは、もともと家族の知り合いだった、鳩サブレーで知られる鎌倉市の豊島屋を経営する久保田家にもいろいろと世話になっていたという。

一九五一年(昭和二六年)に湘南白百合学園を卒業した村瀬和子は、八五歳になった今も、講師だったキヨのことをはっきりと覚えていた。

「その頃の日本人女性とはちょっと違った印象で、彼女が姿を見せるとパーッとさわやかな風が吹くような、颯爽とした先生でした。憧れの的でしたね」

キヨは、東京文理科大学の教授からの紹介で、湘南白百合学園の中・高校の両方で英語を教えた。村瀬は続ける。

「私たちは彼女のことを『ミス・ヤマダ』と呼んでいました。英語の授業は、文法と会話のクラスがあったのですが、ミス・ヤマダは会話のほうを中心に教えていましたね。きれいな英語を使われ、アメリカから帰ってきた人だと当時は思っていました。ほかの英語の先生たちともぜんぜん違いましたね」

湘南白百合学園は、もともとカトリック系の修道女会が設立母体で、学内にはシスターがいた。キヨはシスターから目を付けられるほど、自由奔放に振る舞っていたという。

「戦後間もない時代にノースリーブのワンピースなんかで出勤されていました。シスターには叱られていらしたけど、それは素敵でしたよ」

そう述懐するのは別の教え子だ。

東京女子大学時代に演劇部だったキヨは、その経験を授業にも生かしていたようだ。

教え子だった森川典子《みちこ》は言う。

「よくスーツのようなカチッとした洋服を着ていました。特に印象に残っているのは、教科書に出ていたシェイクスピアの一節を、演劇風に芝居っぽく、心を込めて読み上げていたことです。その様子が、いまでも耳に残っているんです。宝塚（歌劇団）の男役のような、ね。とにかく華がある人でしたよ。彼女の授業は週に五時間あったと今でも覚えていますが、いつも楽しみにしていて、彼女のおかげで英語の勉強を楽しめたということもありました」

またキヨには、おっかけのような女生徒が四、五人いた、と森川は記憶している。

村瀬はおっかけというほどではないが、キヨには憧れを抱いていた。そして同級生と一緒に、キヨの母校だからと、東京女子大学に進学した。また別の教え子だった藤永弘子は、湘南白百合を卒業後に日本女子大学に入学したものの、どうしてもキヨの学んだ学校への憧れが消えず、退学。結局、翌年に再び受験をして東京女子大への入学を果たしたという。それほど学生たちにインパクトを与えた先生だった。

キヨが湘南白百合で臨時という形で講師をしていたのは、留学へ向けた準備をするためだったとみられる。そして三年ほどが過ぎると、キヨは講師を辞め、神奈川県に残ってさらに本格的に留学の準備を始める。当時、難関だったフルブライト奨学生制度に挑戦し、合格を勝ち取るのである。

そうして、子ども時代から念願だった留学の道が開いたのだった。

第四章　日本脱出

留学先だったミシガン大学のキャンパスでの
キヨと日本から米国に帰国したスティーブ

人生の転機となる出会い

東京都千代田区にあった九段会館は、数々の昭和史の舞台となってきた。

一九三四年（昭和九年）に「軍人会館」という名称で開館した九段会館は、鉄筋コンクリートの西洋風な外壁で、屋根には日本らしい瓦が葺かれた、帝冠様式と呼ばれる城郭風のスタイルが特徴だった。その和と洋を織り交ぜた姿は、まるで同会館の歴史そのものを物語っているかのようだ。

戦前の一九三六年（昭和一一年）に起きたクーデター未遂事件「二・二六事件」で、鎮圧に当たった戒厳司令部が置かれたのは、ここだった。戦後は、GHQが接収し、駐留軍の宿泊施設となって、「アーミーホール」「ガイジン・カイカン」と呼ばれた。

当時、米兵たちの間では、真珠湾攻撃は「軍人会館」と呼ばれていた頃の、この「アーミーホール」で作戦が練られ、施設内のホールで作戦決行が発表されたのだと、もっぱらの噂だった。

「アーミーホール」の屋上には、進駐軍の関係者や米外交官などが気楽に立ち寄れる東京でも数少ない屋外レストランがあった。このレストランにはＣＩＡのスパイもよく出入りしていたと、以前取材をしたことがある元米兵から聞いたことがあった。

「ここで出会って仲良くなり、何度も食事をした自称外交官のアメリカ人が、韓国の米軍基地内にあった機密性の高いエリアで、現地の作戦会議を取り仕切っている場に遭遇したことがあった」

と、そんな話だった。

進駐軍による接収解除後は、名称を九段会館に変え、宴会場や多目的ホール、宿泊施設などを備えた複合施設として運営されてきた。だが老朽化が進んでいた二〇一一年、東日本大震災の際にホールの天井が崩落して死者を出す事故が起きたのをきっかけに、人の出入りが禁止された。その後は廃業となり、会館は日本政府に返還された。

現在、複合施設は解体工事が続けられている。九段会館の建築様式を一部残し、高層ビルに建て替えられる予定だという。


キヨが「アーミーホール」の三階に住んでいたアメリカ軍人と初めて知り合ったのは、一九五四年（昭和二九年）のことだ。

一九五一年にサンフランシスコ講和条約が締結され、ＧＨＱによる占領は終結していた。だが米軍はまだしばらく東京に残り、戦後処理や朝鮮戦争への対応を行なっていたのである。

六月一九日にキヨは東京都内で開かれた日本人実業家が主催したパーティに、通訳として呼ばれた。その実業家は、戦後に米軍の協力で、千葉県にて鉄製品の工場を再建して巨額の富を得た人物で、そのお礼として米軍関係者を招待したパーティを開催していた。

会場は、実業家宅の大きなパーティスペースだった。部屋には西洋風のフロアランプがいくつも置かれ、暖炉もある。大きなガラス戸から庭に出ると、プールもあった。

その日のパーティでは、千代田区にある明治生命館に拠点を置いていたアメリカ極東空軍司令部（FEAF）で爆弾処理を担当していた軍関係者たち一〇人以上が集まった。大量の高級寿司と酒が用意され、人形浄瑠璃文楽も披露されるなど大いに盛り上がった。そのパーティで撮影された写真には、文楽の人形に見惚れる参加者たちの姿が写っている。

スーツを着用して参加していたある空軍幹部は、あまりにも酔っ払い、服を着たまま庭のプールに落ちたという。もともと東京の大気汚染のせいで当時米軍関係者の間で流行っていたという「トウキョウ・アズマ（東京喘息）」を患っており、体調がすぐれなかったにもかかわらず、その幹部は楽しさのあまり大はしゃぎしてしまったらしい。

キヨはチェック柄のスーツにハイヒールを履き、水玉のスカーフを首に巻いていた。いかにもビジネスウーマンという装いで、スーツ姿でパーティに出席していた米軍関係のアメリカ人女性たちと並んでも堂々としていた。

キヨはそこで、チャールズ・S・スティーブンソン（スティーブンソンは誰からも「スティーブ」と呼ばれていた。以下、スティーブ）という三〇歳ほどの爆弾処理専門の軍人と知り合った。ひょうきんで、人を笑わせるのが大好きな気のいい男性だった。

スティーブは、オハイオ州クリーブランド出身。地元の高校卒業後、ペンシルベニア州にあるカーソン・ロング陸軍士官学校に入学し、軍人としてのキャリアをスタートさせる。その後、米空軍に入り、爆発物処理の専門家として活躍していた。

彼はその二年前に来日してから日本が大好きになったと言い、日本の文化を崇めていた。「アーミーホール」で寝泊まりしていたスティーブはその日、練馬区にあった米空軍の家族宿舎グラントハイツに住まわせていた妻のキティを同伴しており、キヨは通訳の合間に、キティといろいろな話をしながら過ごした。キティとスティーブの一〇歳になる娘は、その夜は宿舎で留守番だった。

スティーブは当初、単身で日本に赴任していた。どういうわけか、妻のキティと娘を連れて来ようとはしなかった。しかし、夫が旅立ってしばらくしてから、寂しい思いをしていたキティは、軍と直接やりとりしながら、スティーブを追って日本で暮らせるよう手続きに乗り出した。数カ月をかけてすべての手続きが完了した時点で、キティは初めてスティーブに手紙を書き、日本に到着する日時を一方的に伝えた。その流れから、スティーブは「アーミーホール」に住み続け、キティらはグラントハイツで暮らしていたのだった。

キヨはこのとき、すでにフルブライト奨学金プログラムの試験をパスしており、渡米の準備を進めながら、通訳のアルバイトをしていた。パーティが終わると、キヨは主催者の実業家から何人かの米軍関係者の名前と連絡先を渡され、「翌日きちんとお礼の電話をするように」と指示された。

翌日は日曜日だったが、キヨはスティーブたちが週末も職場に出ていることを聞いていたために、明治生命館に電話をした。そしてスティーブに実業家からのお礼を伝えた。加えて、実業家から伝言するように言われていた東京にあるお勧めの寿司屋について、情報を教えた。

するとスティーブは、

「そのお寿司屋に、今晩一緒にどうかな?」

とキヨを誘った。

だがその日は激しい雨が降っていたため、キヨは難色を示した。すると彼は、後日に一緒にランチはどうかと提案し、それにはキヨもオッケーした。ちなみに、キヨはスティーブへの電話の後すぐに、練馬のグラントハイツにいるキティにも電話をし、「いつでも好きな時に、娘さんと一緒に実業家宅のプールを使ってもいいとのことですよ」と伝えている。

数日後、キヨは約束のランチに向かった。明治生命館の前を走る、米兵たちが「アベニューA」と呼んだ日比谷通りで待ち合わせをし、すぐそばにあった東京會舘でお昼を共にした。二人が頼んだのは、ハム・サンドウィッチとコーラだった。

スティーブはその時の様子をメモに残していた。それによれば、スティーブはキヨに、フルネームを聞いた。

「キヨ・ヤマダです」

キヨがそう答えると、スティーブは、

「キヨと名前で呼ぶのは日本では失礼に当たるだろうから、ミス・ヤマダと呼ぶことにするよ」

と言ったという。

そんなたわいもない会話が続いたが、キヨはもうすぐアメリカ留学に向けて日本を離れることになっていることを伝えた。

「フルブライト・プログラムで九月からアメリカに行くことになっているんです」

フルブライト奨学金プログラムとは、戦後にウィリアム・フルブライト米上院議員の米議会での発案を基に始まった奨学金留学制度だ。その前身は、ガリオア（ＧＡＲＩＯＡ）という名称で、〈Government And Relief In Occupied Areas（占領地域救済政府資金）〉の頭文字を取ったプログラムだった。その名が示す通り、占領下にある旧敵国の日本やドイツなどで占領行政を円滑に行うために米軍予算で行われた取り組みで、奨学金制度は人材育成計画の一環だった。それが一九五二年に、フルブライト・プログラムと名前を変更した。

スティーブは、アメリカのどこに留学するのかを尋ねた。

「ミシガン大学です。大学院で英語教育について勉強する予定です」

スティーブはキヨについて知りたがった。というのも、彼はパーティで見かけた、若く颯爽とし、希望と自信に溢れていたキヨに「一目惚れ」していたからだ。

米国への逃避行

ニューヨーク在住のアキムは、キヨからこの当時の話を聞いていた。

「スティーブは、この日から渡米までキヨにしつこいくらい付きまとったのです」

キヨにしてみれば、はっきり言っていい迷惑だった、と彼は続ける。

それもそうだろう。これまで背負ってきた家庭や男性へのコンプレックスからやっと逃れ、目指してきたアメリカ留学に旅立ち、キャリアに邁進することができる。渡米は迫っており、離れる日本で男性と恋愛をしている場合ではない。しかもこのとき、スティーブは既婚者で娘もおり、その妻とも面識がある。彼を異性として見ることはなかった。

それだけではない。スティーブには、当時の若い米兵の多くに見られた「軽さ」があった。事実、スティーブの書いた別のメモを見ると、それも頷けるこんなエピソードが書き記されている。メモを要約するとこうだ。

私は「アーミーホール」のレストランでアルバイトをしていた苦学生のトシコと知り合った。戦時中は名古屋に疎開していた二八歳くらいの美しいその日本人女性は、戦後に東京に戻り、学費を払うため、低賃金だったが仕方なくアルバイトを続けていた。私は声をかけ、学費を払ってやると伝え、男女の仲になり、未亡人の母親と暮らす高田馬場の部屋にも入り浸るようになった。日本に滞在中、こうした倫理的に間違った行動を何度もした。

キヨは当時、この話を知る由もなかった。だが晩年にこのメモを発見し、しかも、この話の続きも知る。キヨはそれに感情を激しく揺さぶられるようなショックを受けることになる。スティーブの例に漏れず、当時、進駐軍の米兵たちのなかには、数年で帰国することがわかっていながら、日本人女性をこのように軽く扱う者も少なくなかった。

米誌LIFEは、戦後すぐの一九四五年一二月三日号で、「ライフ・イン・トウキョウ」という特集記事を掲載している。特集は、靖国神社の鳥居前で銃を持って警備するアメリカ兵の写真から始まり、皇居に向かって一礼する日本人たちの写真を並べている。孤児になった日本人の子どもが街で遊んでいる様子や、結婚式の様子、墓参りや遺骨を拾う人の姿も紹介されている。

だが記事のメインは米兵の暮らしぶりだ。皇居の日比谷濠に沿って日本人女性と並んで座り、デートする米兵の写真や、「ゲイシャ」女性にキスを迫る米兵の写真、日本語の「鼻」「耳」といった単語を若い日本人女性から教わるデート中の兵士の写真もある。背後にはG

HQが接収して本部に使っていた第一生命館が見える。

その特集には、「女性は余るほどいるが、兵士は金が足りない」という記事が載っている。パーティ会場や日比谷公園でいちゃつく若い米兵と日本人女性の写真が何点も使われ、短い記事が載っている。一部翻訳すると、こうだ。

「米兵たちにとって、東京ほどすぐに女性を手に入れられる場所はない。女性をデートに連れて行くなら皇居の隣にある日比谷公園で事足りる。しかも日本で引っ掛けることができる女性は、高飛車なゲイシャでもなければ、売春専門のゲイシャでもないし、売春婦でもない。家族から独立した素人の女たちだ。いつもどおり、ちょっと使える英語を教えてあげて、チョコレートかフルーツか何か食べるものをあげればいい。ジャップの男性たちも、これには文句を言う気配はない」

さらに都内にあったこんな看板の接写も掲載している。

「世界の紳士たちへ！　この家は、家族が暮らす居住地であり、売春のための売春宿ではない。どうか、どこかよそにいってくれ！」

こうした感覚でいる米兵たちの存在を、英語記事を日常的に読んでいたキヨはひしひしと感じていたに違いない。しかも通訳の仕事などでいろいろな現場を踏み、遊びに憂き身をやつすアメリカ兵の〝生態〟を垣間見ていたはずだ。スティーブを相手にしなかったのは当然だと言えた。

アキムはこうも言った。

「キヨは逃げるように渡米したらしい」

一方で、スティーブのメモには、キヨとランチをした日が「私の人生において最も重要な日だった」と記されていた。

異国での再会

キヨが留学先に選んだミシガン大学には、有名な英語教育機関であるイングリッシュ・ランゲージ・インスティチュート（ＥＬＩ）が存在する。一九四一年に設立されたＥＬＩは、全米の大学で初めての英語集中プログラムで、英語教育の先駆けだった。

フルブライト奨学金プログラムは旅費から学費、生活費などもすべて支払ってくれるが、伝統的に、受け入れ先となる大学は自分で見つける必要がある。キヨがミシガン大学を選んだ理由は、ＥＬＩを抱える大学院を卒業して修士号を取れば、今後のキャリアが開けると考えていたからだった。しかもアメリカですら、当時は女性で修士号を取る人は多くなかったため、その点でも有利になる。

キヨの前には可能性が広がっていた。言語専門家としてのキャリアをこれから積み上げていくという目標の第一歩を踏み出した――。

キヨは渡米してから、大学の近くにあるアパートでルームメイトと暮らした。初めてのアメリカ生活で見るものすべてが新鮮で刺激的だったが、浮き足立つこともなく勉学に集中した。当時、大学の周辺では酒などは手に入らなかったようだが、学校から少し離れると酒を飲める場所も多く、週末などは映画に行ってから飲んで楽しむ学生が多かった。だがキヨはそんなこともせず、平日は毎日、授業の合間や放課後は、なるべく図書館で勉強を続けた。

だがすぐに、思いがけないことがキヨに起きる。

新学期が九月にスタートして三カ月が過ぎた一二月のことだ。いつものように図書館で勉強していたキヨの背中を誰かが突っついたのである。振り返ると白人の男性が立っていた。しかも軍の制服を着ている。

男は言った。

「スティーブです、覚えているかな?」

キヨはもちろん、「あのスティーブかな」と思った。それはそうだろう、日本滞在中に通訳の仕事を介して知り合ったのは、半年前のことだったからだ。しかし、スティーブの雰囲気は、空軍の制服のせいでずいぶんと違っていた。

東京でキヨにつきまとったスティーブがミシガン大学の図書館に突然現れたのだった。彼はその少し前に日本での任務を終え、帰国していた。

スティーブの実家はオハイオ州クリーブランドにある。ミシガン大学のあるミシガン州アナーバーまでは、二〇〇キロほどの距離だ。アメリカ北部にある五大湖のひとつであるエリー湖を挟んで二つの都市は対岸に位置する。スティーブは帰国後、しばらく実家などで過ごした後、周辺の空軍基地で勤務することになっていた。

その晩、スティーブに誘われるまま、車で一時間ほどの距離にあるデトロイトに出かけて、夕食を一緒にした。

「日本の任務から帰国して、そういえばミス・ヤマダはアナーバーに留学していると思い出してね。会いに行ってみようか、となったわけだよ」

と彼はわざとらしい言い訳をした。

ところで、なぜキヨの居場所がわかったのか。スティーブによれば、彼は実家から車で大学に到着し、まず電話帳を確保して、キヨの名前を探してその番号に掛けてみたのだという。当時は電話帳に名前と番号が掲載されているのが普通だった。今の時代からは考えにくいが、日本でも少し前までは公衆電話に備え付けられた電話帳には同じように名前と電話番号、さらに住所まで記載されていた。

スティーブが見つけた番号に電話すると、キヨのルームメイトが電話に出た。そして、

「キヨはいつも図書館に行っているよ」と教えてくれた、ということだった。

彼は、翌朝も待ち合わせをして、一緒に朝食を食べようと誘った。キヨはその押しに負けて、翌朝もまた会うことになった。

スティーブはそれから毎週のように、キヨに会いに来るようになった。

キヨが勉強しているときには、スティーブは英語を教えたり、課題を手伝うようなこともした。花を持って現れることもあった。食事にも連れ出した。

スティーブは、基本的には明るくて、人はいい。また、もう妻のキティとは離婚が成立していると聞かされた。

何度も姿を見せるスティーブに、キヨはついに根負けした。しばらくして、二人は付き合うことになった。

肝心の勉強のほうは順調だった。英語教育を研究しているキヨにとって、アメリカ人男性と付き合っていることもプラスに働いたのだろう。

一方、スティーブは焦っていた。できれば早くキヨと結婚したいと考えていた。というのも、米軍では士官は各地の基地を転々とすることが多いからだ。結婚をしなければ、転勤になったあと、付き合いは自然と終わってしまう可能性が高い。同じ国内で東海岸と西海岸に三時間もの時差があるアメリカでは、遠距離恋愛を続けるのは並大抵のことではなかった。もちろん今のように、携帯もスマホも、電子メールもない。

そしてここでも、キヨはスティーブの強い「押し」に流された。当時の心境を、アキムはキヨからこう聞いている。

「キヨは本心では軍人とは付き合いたくなかった。占領下の〝戦利品〟のように連れてこられた女性だと思われたくなかったと言っていました。自分はトロフィーではない、と」

アキムは続ける。

「東京からミシガンまで花を持って追っかけてきたようなもので、かなりの追跡劇よ、そこまでやられたらね、と言っていました。結婚は私のアイデアではなかった、とも。奨学金で大学院を出て、軍人と結婚して『戦争花嫁』と見られながら、転々とする夫のために家庭に入るのはどうなのかと、相当迷ったそうです」

それなら、なぜ結婚を了承したのか。キヨの死後、キヨが生前書いていた手紙やメモなどすべてに目を通しているアキムは、キヨの気持ちをこう代弁する。

「それは子ども時代、彼女が家でいらない子と言われたり、兄からいじめられるなどした、トラウマがありました。猛プッシュされて迷ったとき、どうせいつか結婚するにしても、古い日本流の家庭は無理だと思ったそうです」

だが結局、山田家の男たちに従って育ってきたように、皮肉なことに強い押しに従ってしまったということなのだろう。

その一方、晩年のキヨと付き合いがあった東京女子大学の後輩、福嶋美佐子は、キヨがミシガンで大学院に通うようになってから心境の変化があったと聞いていた。

「留学当時、アメリカの女性たちは大学院などで自分の道を追い求めていると思っていたけど、そうばかりではなかったようです。大学院で女友達が集まると、アメリカ人女性たちは決まって、『早く結婚したい』『結婚するならどんな相手がいいか』という話で盛り上がっていたようです」

キヨはこの時点で三〇歳を超えていた。そんな周りの空気も、キヨの結婚についての考えかたが揺らいだ理由だったのかもしれない。

キヨの葛藤はいかばかりであっただろうか。そしてこの決断は、結局、自分の目標を道半ばであきらめてしまった彼女を、後年、苦しめることになる。

移住を決断

大学院を一年で難なく卒業すると、直後の一九五五年九月、キヨはシカゴの教会で結婚式を挙げ、「キヨ・ヤマダ・スティーブンソン」になった。結婚式には、キヨの両親などは誰も出席しなかった。二度目の結婚であるスティーブは、クリーブランドから母親を呼び寄せ、結婚式に参列させた。

そしてその足でキヨは一人、シカゴから飛行機で帰国した。経由地のハワイでは、やはり日本にいた頃に知り合った友人と再会した。そこから東京までの飛行機では、自発的に客室乗務員の手伝いをしたという。乗客にコーヒーやミルク、お茶などを配る手伝いをした。

キヨにはそういうところがあった。中学高校で英語を教えている時から、自分が世話好きであることに目覚めたようで、余裕があるときは、誰にでも手助けを買って出た。これは最初に留学のためにアメリカに行く際も同じだったようで、乗務員の手伝いをしながらアメリカに渡ったという。

日本に帰国すると、フルブライト奨学金の担当者の所に帰国の報告に訪れ、無事に修士号を取得した旨を伝えた。また結婚したことも話すと、さすがに担当者は驚きを隠さなかった。実際には、驚きを通り越して、怒り出す始末だった。「国費で何をしに行っていたんだ」と。実は出発前に、担当者からは冗談で、「君は結婚でもして帰ってきそうだな」と言われていたという。それがまさに現実になったのである。

キヨは晩年、「奨学金で留学しておいて、結婚しましたでは、さすがにフルブライトの方々も困惑したと思う」と知人らに話していた。現在、フルブライト奨学金制度では、留学後は二年間、日本に滞在する義務がある。当時はそうした取り決めは存在しなかった。キヨはその「縛り」ができたことを耳にして、「私のせいかもしれない」と反省しきりだったという。

キヨが帰国し、アメリカ移住の手配をする三カ月の間、スティーブもキヨとの生活に向けた準備を進めた。

アメリカに戻ってから結婚までオハイオ州デイトン近郊にあるライト・パターソン空軍基地で勤務していたスティーブは、キヨと結婚する前からユタ州のヒル空軍基地に赴任する希望を出していた。それがキヨの帰国中に認められ、直ちに引っ越しすることになった。

キヨはアメリカ移住の準備を終え、その年の一二月一九日、横浜から知人の会社が所有していた貨物船に便乗する形で、アメリカに発った。

日本に戻ってからアメリカに発つまでの三カ月の間に、キヨが結婚について、両親にどんな話をしたのかはわからない。キヨやスティーブが残したメモや記録、手紙などを見ても、両親と結婚について何らかのやりとりをした形跡はない。キヨと同世代である古くからの友人たちは多くがすでに他界しており、当時のことを聞くすべはないが、まだ元気な友人たちも、その辺りのことはキヨから聞いたことがないと口を揃えた。

アキムも、

「キヨがその話をしたことはないから、わかりません」

と言う。

少なくとも記録から見て明らかなことは、スティーブがキヨの両親には一度も会ったことがない、ということだった。

約二週間のアメリカまでの船旅を終え、キヨはサンフランシスコに到着した。デッキには、ハットとスーツ姿のスティーブが待っていた。

二人はそれから数日をかけて、車でユタ州に戻った。途中、カジノで知られるネヴァダ州リノに滞在し、ちょっとした非日常の中で新婚旅行気分を味わった。

そしてユタに到着すると、スティーブがすでに見つけていた新しいアパートで、新婚生活をスタートさせた。

アメリカに届いた母の訃報

「幸せな結婚だと言っていいけど、満たされない」

結婚してからずっと、キヨはそう感じていた。それもそのはずだ。キヨはできれば、結婚しても働けるものなら働きたかったが、米軍基地を転々とする生活では、まともにキャリアを積むことは難しい。

キヨは、専業主婦として家庭で夫を待つ生活を続けた。料理はとにかく嫌いだったが、一応、精一杯食事は作った。スティーブは外で、

「キヨはトーストを焼くのと、お湯を沸かすのは上手いよ」

と冗談めかして話していた。

一度スティーブの同僚が家を訪れた際に、キヨはスープを出した。同僚は何も言わずにそれを食べていたが、スティーブはそのとてつもない不味さに驚き、キッチンに向かった。すると、キヨがトマトの缶ではなくトマトジュースでスープを作っていたことが判明した、なんてこともあった。

そんな調子で、軍人の妻として代わり映えのしない退屈な日常を過ごした。するとひょんなことから、周辺に暮らす日系二世たちのために、土曜日に日本語を教えることになった。日系二世は、日本から移住してきた親世代の一世とは違い、アメリカで生まれて育っている

ために日本語を上手に話せない人が多い。そんな人たちに時々日本語を教えるなどして、「米軍文化」の外に出た。平坦な生活から逃れるように。

さらにこれがきっかけとなって、近くの小学校で一日だけの臨時教師をしたこともあった。だがその授業は、酷いものだったという。

授業前には、校長先生などと日本とアメリカの教育の違いについて雑談をした。よく言われる通り、日本はレクチャー型が主流で、キヨもそんな教育制度の中で育ってきた。教師たちは、キヨの話に興味深く耳を傾けていたという。

しばらくすると、授業が始まった。キヨが子どもたちの前で長々と話をしていると、ある子どもがトイレに行ってもいいかと尋ねたという。キヨがオッケーすると、次から次へと子どもたちがトイレに行きたいと言い出し、最終的に、教室にはキヨだけが残ってしまった。子どもたちは外のグラウンドで走り回っていた。するとその様子を見た校長先生が、キヨのところにやって来て、

「ミセス・スティーブンソン、ここは日本とは違うのよ、授業は話しているだけだとみんないなくなってしまうわよ」

と指導されたという。

これはキヨには忘れられない思い出となり、晩年もよくこの話をした。

こうしたいくつかの活動で多少は気分転換になったようだが、退屈な日々であることに変

わりはなかった。すると一九五九年、スティーブがドイツの米軍基地に異動することが決まる。キヨにとっては久しぶりにワクワクする話だった。

この頃、キヨの元に母が日本で死去したとの電報が届いている。だがキヨは日本に帰ることはなかったという。

ドイツへの転勤はキヨを救った。

スティーブは、ドイツ西部にあるヴィースバーデンの米空軍基地に配属になった。そして二階建ての小さなタウンハウスを借りて暮らし始めた。そこで知り合ったのが、キヨの親友であるアキムの母親マリアンだった。キヨは米兵たちにドイツ語を教えていたマリアンから、引っ越してすぐにドイツ語を習い始めた。

キヨ以外にも、米兵の妻でマリアンからドイツ語を学んでいる主婦は何人もいた。だが、キヨとマリアンはすぐに打ち解け、レッスン以外でも会うような友人同士になった。

それからは、留守にすることが多かったスティーブが長期の出張に出ると、時にキヨはマリアンと二人で欧州各地を旅行した。

当時の旅行の様子を映した八ミリフィルムが今も残っている。そこには、三〇代後半のキヨが、水色のスーツ姿でホテルを出てくる様子や、白く光沢あるカーディガンを羽織り、高く噴水が上がる池のそばでポーズを取る姿もある。真っ白の生地にグレイのピンストライプ柄が入ったワンピースを着て、航空機が飛び立つのを見ているキヨも映っている。フィルムの中には、常に笑顔で若々しく、生き生きと動くキヨがいた。

とにかく、キヨはドイツを第二の故郷と言えるほど、気に入っていた。ドイツ語の勉強にも熱中し、読み書きもある程度できるようになっていたという。

しかし、キヨにとって刺激的だったそんな日々は、わずか三年ほどで終わる。スティーブがワシントン勤務で、アメリカに戻ることになったからだ。

一九六二年初頭に、キヨが帰国する直前、マリアンは唯一の子どもとなる息子アキムを産んだ。

スティーブはワシントンに戻ってからもかなり出張が多かった。そこでキヨは、出張が少し長期になると、迷わずドイツ行きのチケットを押さえ、ドイツに飛んだ。結局、毎年数カ月はドイツに滞在するという生活を送ることになる。

アキムは言う。

「家族ぐるみで親しくしていました。私自身は四歳の頃からキヨのことは覚えていますけど、母に聞くと、キヨは来るたびに私のオムツを交換してくれていたようです」

日本人妻としての苦悩

キヨとスティーブはその後、ワシントンＤＣから三〇〇キロほど南にあるラングレー空軍基地に居を移した。そこで三年勤務した後、スティーブは仕事ぶりを評価され、出世することになる。米軍の最高峰である国防総省（ペンタゴン）勤務になったのだ。また所属する米空軍における最高レベルの機関である米空軍科学諮問委員会（ＳＡＢ）のメンバーにも選ばれ、ホワイトハウスに設置されている国家安全保障会議（ＮＳＣ）にも度々呼ばれて、大統領の側近らにブリーフィングを行うようにもなった。その後は、ペンタゴンに拠点を置く、大統領や国防長官へアドバイスなどを行う統合参謀本部（ＪＣＳ）の事務局で勤務する。ＪＣＳでは、世界中の武器弾薬を把握し、監視する任務に就いた。

その頃、スティーブとキヨは、ワシントンＤＣ周辺で家を買って、定住の地にしようと考えていた。

軍の文化でキヨを困らせたのは、基地など拠点を移動するたびに、せっかく親しくなった友人と別れなければいけないことだった。ただスティーブはどこに行っても空軍内の知り合いがおり、孤独に感じることはない。スティーブはキヨのことまで頭が回っていなかった。

そもそも、キヨは米軍関係者とは極力付き合おうとはしなかった。実際に、基地にいる妻たちと仲良くなることは最後までなかった。すでに述べた通り、「戦争花嫁」と見られたくないということもあったが、敗戦国からやってきた日本人として米軍には深く関わりたくなかったということもあったという。

戦後、米軍内でも実際に差別があった。スティーブは周囲に、こんな経験を話していた。

「ドイツで爆弾処理の作戦計画をしている際に、上司の一人が『バターン死の行進』（日本軍がフィリピンで捕虜の米兵などを長距離歩かせて多くの死者を出した事件）で生き残った軍人だった。この上司は私に必要以上に厳しく当たり、お前は信用できないと吐き捨てた。その理由を聞くと、妻が日本人だからだと言い放った」

そんなことが起こりうるのは、キヨにだって想像できる。米軍内には、どこにそんな人がいてもおかしくない。彼女にしてみれば、日本人として米軍関係者とは気楽に付き合えるとは思っていなかった。

ずっと不満を抱えていたキヨだったが、スティーブ自身も、統合参謀本部に入ってから軍に不満を持つようになっていた。というのも、彼の階級が、中佐から大佐に一向に昇格しなかったからだ。階級社会の米軍では、これは給料などにも直接影響があり、士気に大きくかかわる。スティーブは米軍勤務が年金受給資格の二〇年を超えていることを考え合わせて、軍を辞めることも真剣に考えていた。

キヨもこの頃、ドイツを一人で訪れた際に、マリアンにふと、

「自分の人生を犠牲にしている」

と漏らしている。

米軍人の妻として索漠とした生活のなかで、四五歳になっていたキヨの心には時々、スティーブには絶対に言えないような苛立ちが顔をのぞかせていた。

その言葉の背景には、子どもを作らなかったことへの思いもあった。キヨはずっと、周囲に子どもはいらないと言い続けていた。

アキムは子ども時代に、ドイツに遊びにきたキヨにこう聞いたことをいまも記憶している。

「キヨに子どもはいないの?」

「いないのよ。日本ではね、占領で生まれた子どもはよく見られなかったからよ」

そうキヨは答えたという。

だがこの答えは筋が通らない。米軍人の夫と結婚したキヨは、日本に暮らしているわけではないし、日本に帰る予定も計画もない。もっと言えば、二人が結婚したとき、占領はもう終わっていた。要するに、事実かどうかは別にして、米兵と「戦争花嫁」の子どもはよく見られない、と言いたかったのだろう。

だが、そんなことを言っていたキヨは、ずいぶんあとになってからは、

「ハーフの子はアメリカではよく見られないから子どもはいらない」

と友人たちに言うようになっていた。

ただ、これはスティーブの影響によるところが大きかったようだ。結婚後、スティーブはキヨだけでなく、たびたび周囲にもこう語っていたからだ。

「混血の子どもはアメリカではいい扱いを受けないから作るべきではない」

実のところ、スティーブは「人種」には敏感だった。というよりも、はっきり言うと、差

別主義的な側面があった。家を買おうとワシントンDC周辺で家探しをしているとき、スティーブとキヨがともに気に入った物件があった。購入を決め、契約を済ませたあと、スティーブはすぐ近所に黒人家族が引っ越してくることを知った。すると、その家の購入を直ちにキャンセルしたのである。人種差別が公然と行われていた六〇年代以前の話ではない。一九七〇年代半ばの出来事である。そんな狭量さがスティーブにはあった。

退役を考えていたスティーブは、後々のことを考えて求人広告に目を通すようになっていた。そんなある日、新聞の求人欄に「政府機関の日本語講師」を募集する記事を発見する。彼は自分が辞めたあとのことも考えて、キヨに働いてみてはどうかと提案した。

キヨとしては、結婚を押し切られ、言語を教える専門家になるという目標のために大学院まで出たのに社会で働くこともなく、家庭に入った。不満を募らせながら、気が付けば四〇代半ばになっていた。自分の人生はどこにあるのか、と周囲にも心情を吐露していた。

もはやスティーブと子どもを作ることはない。東京の家族もみんないなくなり、このまま家系は絶えてしまう。自分の血を残せないならば、生きた証はどこにあるのか。キヨはそんなところまで考えたという。

仕事で自分の存在価値を証明してみよう――。

今後、自分の収入が減ることを考えてキヨに働くのを勧めるスティーブの提案はある意味で自分本位かもしれない。だが、この話は彼女にも願ってもないチャンスだった。そして実際に応募してみると、その政府機関がＣＩＡだと判明する。採用試験は、何カ月もかかったが、無事に入局が決まった。一九六八年、キヨが四六歳の時だった。

スティーブは、キヨが仕事を始めることになったことを踏まえて、正式に軍へ退役申請をした。

こうしてキヨは、人生の新たな扉をこじ開けたのだった。

第五章　ＣＩＡ入局

スティーブの転勤でドイツに暮らしていた頃のキヨと
知人の子どもたち

センセイの思い出

二〇一五年八月、ある人物に会うためにワシントンＤＣから車を走らせていた。全米でも有数の混雑ぶりがつとに知られるＤＣの道路状況だが、その日は特に交通量が多い中心部を抜けても、まだ車が減る気配はなかった。

そんな事情も考慮して、十分余裕をもって目的地に向かっていた。おかげで待ち合わせ場所に到着したのは、約束時間の一時間も前だった。目的地付近に車を止め、ギアをパーキングに入れた。そのまま体を後ろに反らして伸ばし、顔を上げてふーっと大きく息を吐いた。

これから会う予定の人物は、ＣＩＡの元諜報員だった。ＣＩＡ局員は引退後も、現役時代のことは基本的に他言してはいけない決まりになっているため、身元を公表しないという条件でなら、とインタビューに応じてくれることになっていた。第二章に登場したピート・ジャコビーとの初めての出会いだった。

ピートとは何度かやりとりをしていたが、それでも実際に顔を見るまで、安心はできなかった。というのも、キヨ・ヤマダのＣＩＡ時代についての取材では、なんとか関係者の連絡先を突き止めて接触しても、直前になって「お役に立てないと思う」と断られるケースがあったからだ。そんなことから、少し気が張っていたのである。

待ち合わせ場所であるカフェのテラス席に座った。ＤＣ近郊は三〇度を越す蒸し暑い日で、こちらの不安を煽るかのような、どんよりとした重い空気が感じられた。

ピートは時間通りに姿を見せた。元スパイとはいえ、怪しい雰囲気はなく、恭しい。頭髪と眉毛が白くなった穏やかな初老の紳士といった風貌だった。街で見かけても、誰もこの人がスパイだったとは思わないであろう。ほっと胸をなでおろした。

挨拶もそこそこに、取材の趣旨を丁寧に伝えた。じっとこちらの話に耳を傾けたピートは、できる限りのことは答えると言った。

そして簡単にピートのＣＩＡ時代の略歴を聞き、早速本題に入った。

「ええ、私は〝キヨさん〟から日本語と日本について学びました」

ピートはキヨの教え子だった。キヨはどんなインストラクターだったのかと問うと、こう答えた。

「ほかの言語インストラクターと比べても、非常に頭が良いという印象でした。日本担当のインストラクターは何人かいましたが、ほかの人は、キヨさんほど英語と日本語の文法のシステムについて深く理解していないと感じていました。キヨさんは、こちらのぶしつけな質問にも的確に答えていたのを覚えていますね」

キヨは教壇に立つと、笑顔を絶やさないようにして、リラックスした雰囲気を作り出したという。とはいえ、相手は現役のスパイや、これからＣＩＡを担っていくような一筋縄では行かない連中だ。教材の内容や会話練習の設定にすら、鋭く突っ込んで来るようなこともあったらしい。

いい先生、というばかりで務まるものではなかった。とにかくキヨは、日本語のエキスパートになるために、文化や歴史、政治背景なども必死で勉強して研鑽を続けていた。休む間を惜しんで、大量の本を読み込んだ。自宅の本棚には、分厚い専門書がどんどん増えていくような状態だったという。

キヨはのちにこんなことを語っている。

「もちろんその時局で使われる専門用語も知っていなければいけなかったのよ。日本語でも英語でも説明できるよう準備は怠らなかったわね。それを維持するのは大変だったけど、それがやりがいでもあったの」

そもそも、ピートの存在については、キヨの知人から密かに聞かされていた。ピートには長年連れ添っている妻がいる。ＣＩＡ時代は一緒に世界各地を転々とし、大使館などに籍を置いて暮らしていた。その妻が、たまたまキヨの知人と親しい間柄だった。そこで無理を言って、この知人にピートとつないでもらったのだった。

ゆっくりとした口調で言葉を選びながらピートは続けた。

「彼女は非常に手際の良い人でした。あまりジョークを言うようなタイプではなかったですが、たまに飛び出すジョークにはセンスがありました。ただ話が脱線しないように、笑いが起きた後はすぐに切り替えて、生徒をきっちりと本題に戻していました」

当時を懐かしむかのように、口許に笑みを浮かべながら語るピートがよく覚えているのは、キヨが授業で何度も口にしていた話だ。

「日本では、アメリカ人が日本語を話そうとすると、みんな面白がってくれるから。日本語を普通に話すだけで、相手はすぐに受け入れてくれて、信用してくれるようになる」

という趣旨の話をしていたという。ピートが続ける。

「そしてその話から、日本語を学べば、『一石二鳥』だという話になり、私もキヨさんも、何かあるごとにジョークのように『イッセキニチョウ』という単語を口にしていました。確か、そんなやりとりから、この言葉を覚えたはずです」

さらに、

「キヨさんはいつも『日本語を学ぶために、日本そのものを好きになってほしい』というようなことを言っていたと記憶していますね。これはその後に、別の国の言語を学ぶ時にも実践しましたよ」

ＣＩＡの日本語授業では、インストラクターを「センセイ」と呼ぶことになっていた。

「彼女はいつもビジネスライクなスーツを着ていて、身だしなみがいいという印象でした。

いい服を着ているという感じでしたね。それと、間違いなく美人で、非常に魅力的な女性でした」

粗雑な話を一方的にまくしたてるようなこともなく、口調も仕草も落ち着いた感じで、「エレガント」という言葉がぴったりだった。育ちの良さからくるような上品さも兼ね備えていた、という。

「キヨさんは裕福な家庭の出身だったという話をどこかから聞いたのを覚えています。なるほど、と思いました」

彼は淀みなく、キヨとの思い出を語った。おそらく、取材を受けるために自分の過去を改めて振り返ってきたのだろうと感じさせた。

もともとピートは、政府関係の仕事をしていた頃に、短期間立ち寄った日本に興味を抱くようになり、日本で勤務してみたいと思っていたと話す。そこで、CIAに入ってから、局内の日本語プログラムに志願すべく申し込んだのだが、インストラクターの数が足りないという理由で一年間も待たされることになった。

「おかげで、その間はCIA本部の勤務で、デスクワークをやらされるハメになってしまったのです」

ピートにとって、キヨは日本を知るための「最初の窓」のような存在であった。さらに、挨拶の仕方など日本人との付き合いかたから、例えば「人の家に上がる際に、靴を脱いでどのように揃えるのが丁寧か」といったマナーや、旅館に泊まるときの作法にいたるまでを学ぶ。まずは宿帳に記入し、食事の時間や、どのタイミングでどのように「布団」を敷いてもらうように告げるのか、といったことから、仲居さんに対する言葉遣いなどもシミュレーションする。

料理や酒など、日本文化についての話も刺激的だった。お辞儀をはじめとする日本人が使うボディランゲージなどによるコミュニケーションも、言語そのものと合わせて重要な要素だった。

「例えば、お辞儀もどうやればいいか、米国人にはわからない。どういうタイミングで、どれほど深くやれば好感を持たれるのか。そんなことも教わりました。プログラムが始まったあとは、ワシントンで丸一年間、ほぼマンツーマンで日本に触れ合う日本語漬けの日々を過ごしたのです」

ピートはそのあと、日本を中心に世界各地に赴任し、舞台裏で暗躍してスパイ活動に従事することになる。キヨは、何十年にもわたって、ピートのようなスパイを次々と育てては、日本に送り出したのである。

言語を重視したCIA

CIAはその設立から、とにかく「言語」というものを非常に重要視してきた。

海外での情報収集・分析業務などを活動の中心としている機関だけに、各国の言葉を使いこなせなければ仕事にならない。スパイ活動の能力と共に、言語を大事な「ツール」として扱っており、惜しみない投資もしてきた。

キヨがCIAで仕事を始めてしばらくは、日本語のほか三〇カ国語が重要言語として教えられていたが、現在、米国の安全保障に関わる言語として指定されているのは、八七カ国語に上っている。

そのうちで近年、もっともCIAで人材が求められている言語は、アラビア語、ロシア語、中国語、韓国語、ペルシア語、そしてアフガニスタンで使われるパシュトゥ語とペルシア語であるダリー語である。

これらの言葉は、アメリカと複雑な関係（敵対している場合が多い）にある極めて重要な国々で使われており、アメリカがいま重点を置いて何らかの作戦を実施しているか、安全保障政策に悪影響を与えかねないとして注視している国である。もっとも、世界でこれらの言葉を使う人たちの割合を見ると、実に世界人口の半分近い三〇億人に達するとも言われているのだが。

日本語は、世界でも最も難しい言語の一つだと言われている。日本語を学ぶ希望者たちは、基本的に日本の文化に興味がある者、もともと日本と繋がりのあった者などが多い。日本語を学んだ局員たちは、日本に赴任してから、日本の一般情勢について調べる者もいるし、政府による金融政策や日本企業の動向などを調べているケースもある。政界や政府関係者などとも付き合いながら、インテリジェンス活動を行なう。諜報員は、相手と状況に応じて、英語でやりとりをしたり、日本語で話をしたりと、使い分けている。日本語が話せるのを隠している場合もあるだろう。

日本については、さらに別の重要な役割がある。日本にはイスラム過激派などといったテロリストが数多く潜伏しているということはないが、ロシアや中国にも近いし、そうした国からのスパイが拠点にしている場合も少なくなかった。

さらに重要なのは、朝鮮総連や韓国民団などに絡んで、朝鮮半島の情報も集まる。そこで、日本を拠点に北朝鮮情勢などの情報収集をしている諜報員も少なくないという。

少し前まで、ＣＩＡで朝鮮半島を担当していたある米政府関係者は、日本語がネイティブと変わらないほど流暢なのにもかかわらず、北朝鮮の情報を集中的に扱っていた。朝鮮語は大して使えないが、日本語である程度情報を集められるほど、日本では情報が入ると語っていた。

確かに、最近韓国で元朝鮮人民軍の軍人だった脱北者に取材をしたが、この人物は、北朝鮮は日本にスパイもしくは支援部隊を送り込んでいたと語っていた。日本にも、情報が集まっているということだろう。

とはいえ、日本については、どうしてもフォーカスは経済が中心になる。世界的な大手企業も多く、米国の国益にも影響を及ぼす可能性があるからだ。例えば、大統領から貿易政策の転換に乗り出すために日本の自動車メーカーの動向をリポートせよと言われれば、それから情報収集をしても何もできないだろう。そうならないために、普段からメーカーにからむ情報は拾っている、ということだ。

アメリカ人に言語を徹底させる理由

第一章でも説明したが、ここで改めてCIAというものについて、簡単におさらいしておきたい。CIAの諜報活動を行うのは、大まかに分けると、エージェントと諜報員である。エージェントは各国の現地にいる協力者のことであり、実働部隊として情報（インテリジェンス）を集めたり、どこかの組織内にいて情報を提供したりしている人たちを指す。

諜報員はエージェントを見つけたり、管理するなどして、情報を集めたり、秘密工作を指揮するCIAの局員である。また情報をリポートする専門家や、分析するアナリストもいる。一般的には、こうしたインテリジェンスを扱う人たちをひっくるめて「スパイ」と呼ぶことが多い。

そもそもCIAは、アメリカ人の国内での活動について情報を集めることはない。それを担当するのは、FBIだ。ただし、CIAにも国外のスパイによるアメリカ国内でのスパイ活動を監視する防諜部門があるので、担当局員らはFBIとも連携しながら監視や捜査活動に当たっている。ちなみに、ＦＢＩとは違い、ＣＩＡには逮捕権はない。

ＣＩＡといっても、何をしてもいいというわけではない。一九四七年に制定された「国家安全保障法」や、その後に発令された、いくつもの大統領令を活動の根拠としている。ＣＩＡの暴走を防ぐためにいくつもの枠組みがある。まず監察官事務所が、ＣＩＡから独立して任務などのチェックを行っている。また連邦議会には、監督の役割を担う委員会もある。米下院常設情報特別委員会（ＨＰＳＣＩ）と、上院情報特別調査委員会（ＳＳＣＩ）がそれだ。

筆者は、少し前に退職したばかりの元ＣＩＡ幹部に、こんな質問をしたことがある。

「現役時代に大変だったことは何でしたか」

元幹部は、こう答えた。

「監察官との戦いがいちばん厄介だったといえる。目指すゴールが同じではないからね」

ＣＩＡには、情報や資料を翻訳したり、通訳する専門の局員などもいるし、安全保障や軍事などに特化した民間企業からのコントラクター（契約職員）もいる。

特に最近の例では、国が軍事系の民間企業をサポートする代わりに、企業に先端技術を開発させ、そこで育成・確保した人材をＣＩＡやＮＳＡ（国家安全保障局）といった情報機関でコントラクターとして受け入れるケースが多い。こうしたエコシステムの中で、コントラクターとしてＣＩＡに勤務している人は少なくない。

さらにＣＩＡでは、特定のスキルに特化した人たちも、最初は必ず五年契約を結ぶということを条件に雇い入れている。例えば、医師や科学者、軍人などだ。入局後に職員として働くために特別な訓練を施すため、入局後一年や二年で辞められてしまうと困る。そのため、多くの職種で、「最低五年契約」などといった決まりが作られている。

ＣＩＡの主たる役割は、政策を立案する政府のリーダーたちに世界の重要な情報を提供することにある。ＣＩＡは決して政策の立案をすることはない。彼らの目的は、オープンに手に入る情報だけでなく、世界各地の情勢や実情を知るためにインテリジェンスを集めて分析し、さらに大統領の命に従って秘密工作を実施することにある。

そのために不可欠なのが言語、というわけだ。

実は、アラビア語やロシア語、中国語といった重要言語を使える諜報員は、ＣＩＡでずっと人員が不足している。その理由としては、こうした言葉を使える諜報員候補者は、これらの敵対国に家族や親族、仲間がいることが多く（だから現地人並みに話せるのだが）、ＣＩＡ側の情報が漏れるリスクを伴う。そんなことから、交友関係などを徹底的に精査するＣＩＡのバックグラウンド・チェック（身辺調査）をなかなかクリアできないという事情があるのだ。ＣＩＡでは局員が外国人と接することに、神経質なほど注意を払っている。

そうした事情から、いわゆる〝純粋な〟アメリカ人に言語を習得させ、文化なども教えて養成する必要が出てくるのだ。これは諜報活動のテクニックと同等か、それ以上に重要な要素なのである。

そして、求められる重要言語は、時局によって常に変わっていく。

日本語について言えば、ＣＩＡの前身で軍の組織だった戦略諜報局（ＯＳＳ）の時代から、諜報活動では数多くの日系アメリカ人二世が活躍していた。第四章でも触れたが、基本的に日系二世は、アメリカで生まれ育っているために日本語を上手に話せない人も多い。だが親世代の日本語による会話を普段から耳にしているため、日本語の素地はあり、習得が早かった。

彼らは米国内で、いくつかの米軍基地に設置された語学学校に通い、日本語を学んで、軍やのちのＣＩＡで、通訳や翻訳などの業務に従事した。二世は、日本文化研究者として知られるドナルド・キーンが学んだカリフォルニア大バークリー校の米海軍日本語学校（後にコロラド大学に移転）や、サンフランシスコからミネソタ州のキャンプ・サベージに移動した陸軍日本語学校などで、日本語を学んだのである。

だが六〇年代に入ると、ＣＩＡから二世の数は劇的に減っていく。多くが現役を引退したからだ。

「私が日本で聞いた話では……」

と、ピートは言う。

「六〇年代から七〇年代に、それまで日本の大使館に大勢いた翻訳担当の二世が急にいなくなっていった。意図的にそうされたのかもしれないが、そこの事情はよくわからないのです。

そこで、私のような白人で、日本語が理解できる人を育てようということになり、そのあとは若い白人が増えていきました」

オシント（オープンソース・インテリジェンス＝一般に公開されている情報を収集・分析する活動）専門の日本語翻訳担当者もいた。彼らは毎日、新聞や雑誌などの情報をくまなくチェックし、まとめて、英訳して、報告する。そうした情報は、毎朝、駐日大使へのブリーフィングなどに使われるのである。

ピートは続ける。

「ＣＩＡにも、そうした翻訳者はいます。彼らは、例えば担当がＮＨＫなら、一日中ＮＨＫだけを見て、報じられた内容をまとめて報告にして上げる。自衛隊が拡大するというニュースがあったら、ＮＨＫでどんな報道がなされているのかを即座に知ることができるわけです。まあ、いい仕事ですよ。日本やワシントン周辺に暮らして、単純な仕事だし、現場が抱えているような危険やプレッシャーは皆無ですからね」

ＣＩＡにとって、言語習得と、そこから広がる文化理解の重要性に対する認識は近年になっても変わっていない。二〇一〇年一二月には、当時のレオン・パネッタＣＩＡ長官がこう述べている。

「言語は人と文化を知るための重要な手段だ。第二言語をマスターすることで、真に人や物事を理解するための基本となるニュアンスなども把握できるようになる。純粋に言葉ができたらいいね、というような単純な話ではなく、ＣＩＡの運命を左右するような使命なのだ」

元ＣＩＡ諜報員で、現在は作家をしているＪ・Ｃ・カールソンは、著書『ワーク・ライク・ア・スパイ』（邦題『ＣＩＡ諜報員が駆使するテクニックはビジネスに応用できる』東洋経済新報社）で、言語を使いこなせることがスパイにとっていかに大事であるかを説いている。

「言葉を翻訳することで、驚くほど多くの情報が失われる」

とした上で、

「通訳を介すと会話が大げさになるし、直接の会話というよりも通訳に話をするような形になる。通訳のレベルには差があるが、かなり優れた通訳でも、言葉の裏に隠れたユーモアや脅威といったニュアンスの仔細な部分は伝えることができない。相手の言葉から受け取れない部分が残ってしまうものだ……通訳を介しては決してできないことだが、言葉ができる人は、情報交換だけでなく、信頼関係を築いたり、文化を理解したりしていた」

と記している。

ＣＩＡ女性長官の経歴

二〇一八年に、ＣＩＡで女性として史上初めてトップに就任したジーナ・ハスペル長官の語学歴も興味深い。

経歴を見ると、彼女はもともとフランス語とスペイン語に堪能だったが、入局後にさらなる語学を身につけるために、一九八九年と一九九五年にそれぞれ一年ずつ、米国の安全保障において重要な国である、トルコ語とロシア語のプログラムを受けている。そして学んだあとはトルコとロシアで勤務している。

余談だが、ハスペルほどCIA諜報員らしい人物はいない。

彼女の写真を見れば、いかにもどこにでもいそうな白人の女性にしか見えない。失礼ながら、映画に出てくる女性スパイのように、絶世の美女という感じではないし、かといって、秘密工作で人殺しも厭わないような冷酷なスパイにも見えない。しかし現実には、三三年にもわたって世界中で諜報活動に従事してきたベテラン・スパイであり、タイにあった「ブラック・サイト」と呼ばれる秘密アジトで、テロ容疑者たちを監禁していたことが暴露されている。

そこでは、男たちが水責めなどで拷問され、片目を潰された者もいたという。ハスペルはまた、諜報活動だけでなく、分析や防諜も担当し、外国機関との調整役を担っていたこともあった。

ハスペルが就任時の二〇一八年九月に地元ケンタッキー州で行なった講演は示唆に富んでいる。CIAとは何かについても言及しているので、ここで一部紹介したい。

「この夏、私たちはラングレーに特別ゲストを招きました。イギリス人俳優のダニエル・クレイグです。彼はCIA本部でジェームズ・ボンドを演じること、さらに現実のスパイの世界との差について、話をしてくれました。

あ、それと、彼は真っ赤なアストン・マーチンを正面玄関である本部ロビーの真ん前に駐車しました。これは現実のスパイの世界では考えられない、ハリウッドならではのことだと言えます。

なぜなら、まず、正体がばれないようにあの手この手を使う諜報員なら、真っ赤なアストン・マーチンはいいチョイスではないからです。私だったら、ベージュのヒュンダイを選んだでしょう。

二つ目に、普通のＣＩＡ局員なら、本部ロビー前に駐車するなんて、夢のまた夢です。私だってあそこには車を止めることができないのに！

ＣＩＡにはハリウッド映画の華やかさは欠けていますが、それを補っても余りあると言えるのが、仕事の充実感です。ＣＩＡでの仕事は、自国に貢献することに意味と説得力をもつという想像以上に大きな何かに携われる機会でもあります。私が好きな元長官の一人、ジョージ・テネットは、よくこんなことを言っていました。ＣＩＡの仕事は簡単じゃない。ＣＩＡ局員たちは、国家のために、最も厳しい任務に挑んでいる、と。

秘密工作に従事し始めた頃や、最初の海外赴任地であるアフリカでの任務は明確で、訓練は適切だった。初めて外国人のエージェントと接触したのは、闇夜に、アフリカの僻地の荒れ果てた地域でのことだった。

この男性は素晴らしい情報をもたらしてくれた。私は、彼が連れていた男たちに追加でいくらかカネを渡した。これが、子どもの頃から私が夢見ていたアドベンチャーの始まりだったのです。今思えば、まるで映画のような出来事だったのです」

初めての仕事は、語学力を生かして外国人エージェントと直接接触する情報活動だったという。これこそCIA諜報員が日々、リスクを負いながら従事する仕事なのだ。

言語を身につけることで、視界が広がり、本当の意味で、他者の文化に対して開眼できる。それなくしては、リスクを承知で情報を提供してくれる相手の懐にも入っていけない。情報の受け取り手として、諜報員にはそうしたクオリティが求められている。

実のところ、言葉の重要性という意味では、ジャーナリストも同じだ。海外で取材をしたり、外国人に直接取材をする場合には、語学力は不可欠となる。相手から話を聞き出すには、一度やりとりするだけではうまくいかないことがほとんどだ。なるべく取材までに電話や、今ならメールなどでやりとりを重ねる。ただそれでも、実際に取材をする段階では、まだ相手の懐に入り込めているわけではない。

キヨは、諜報活動という使用目的がはっきりしている状況で、その目的を達成するために不可欠な手段として、日本語という言語を諜報員らに教えていた。

ピートは述懐する。

「みんなが目的を共有しているなかで言葉を教えるのだから、とにかく実践に使えるような訓練でした。ＣＩＡの中でも、非常に重要な要素となっていた言語などを伝授するキヨさんのようなインストラクターの技量は大したものだったし、教わったことは現場ですぐに活かすことができたとみんな思っていたはず。どう日本人の相手と距離感を取り、コミュニケーションしていくかといったところまで、キヨさんからは学びました」

採用試験の高い壁

キヨがＣＩＡに入局したのは、一九六八年のことだった。

この年、日本では、東京で三億円強奪事件が発生し、川端康成がノーベル文学賞を受賞、東京大学では「東大紛争」が起きて大講堂が占拠される事件が起きている。テレビアニメ『巨人の星』の放映が始まったのもこの年だ。

彼女がインストラクターとなった時期は、すでに述べたとおり、日系二世が少なくなるちょうど過渡期であった。当時、ＣＩＡでは言葉の重要性が再確認され、育成強化が始まっていた。

当時、キヨを取り巻く環境も目まぐるしく変わっていた。まさに人生の転換期だったと言えよう。

キヨとスティーブはそれまで、ペンタゴン近くにある大型のアパートに暮らしていた。だがそこからＣＩＡのあるラングレーまでの道路は、常にひどい渋滞が起きることで知られていた。そのためキヨの通勤も考えて、二人はDCから少し外れたメリーランド州に引っ越すことに決めた。キヨは自動車のハンドルを自ら握って、仕事に向かった。これまでのように、どこに行くにも夫に車で送り迎えしてもらうことはなくなった。

ＣＩＡで働くには、もちろん様々な条件がある。例えば、アメリカ市民権が必要だ。当たり前だが、アメリカで働ける人物でなければ応募すらできない。

キヨのような言語専門家の場合は、さらに教育学部か外国語学部、または言語学で、少なくとも大学卒業資格である学士を持っていなければならない。アメリカの大学ではクラスの評価は四段階で示されるが、ＣＩＡでは大学を通して四段階で平均三・〇以上の成績が求められる。現在なら実質的に、大学院卒業の修士号か博士号が求められるという。

その上で、日本語の能力が現地人（ネイティブ・スピーカー）並みであると証明するテストを受ける必要もあった。

通常、このいわゆる「流暢さを測るテスト」は、内部にいる言語ごとのインストラクターが独自に行い、評価を下す。キヨの場合は、すでにＣＩＡにいた日本語インストラクターのテストに合格しなければならなかった。キヨのような日本人として生まれて育った人なら、基本的にここが問題になることはない。

中国語や韓国語の場合は、ネイティブであっても、試験をするインストラクターが「あなたの中国語は教育水準の高い流暢さではない」といった評価をすることもある。ネイティブ・スピーカーであっても、流暢さの試験で落とされるケースもあるのだ。

さらに重要なのは、教える言語が使われる国の、文化や歴史、政治、経済などについての深い理解が求められることだ。

ピートが言ったように、言語インストラクターは多くの場合、生徒たちから見ればその国または文化を学ぶ「窓」となる。キヨを通して、ＣＩＡの諜報員たちは日本という国に触れるのだ。キヨがインストラクターの仕事について語る際に、諜報員を「養成している」と言っていた真意はここにある。

一般のＣＩＡ局員は、身体検査や、嘘発見器などによる心理検査を受けなければならない。もちろん、身辺調査も行われる。キヨも例外ではなかった。

ＣＩＡは局員をリクルートする際にこう伝えるという。

「家族や友人に限らず、どこかの組織や個人の中にも、あなたがＣＩＡに入るかもしれないという情報に興味を持つ人がいるかもしれない。ただそこに悪意が潜んでいる可能性がある。あなたがＣＩＡと接触があることを誰かに言えば、その話はどこにどう漏れ伝わるかわからない。その情報を明らかにするかどうかは、あなたの賢明な判断を求めたい」

ここまで神経質に、組織の秘匿性を守ろうとしている。ＣＩＡの本質から見ると当たり前とも言えるこうした「秘密主義」が、一方で、ＣＩＡを謎めいた秘密組織というイメージに仕立て上げているという側面もある。

アメリカで以前、キヨが引退したのと同じ時期にCIAに入り、現在は退局して民間で働いている元女性諜報員の話を聞いたことがある。入局前にアメリカ西海岸に住んでいたというこの女性は、

「CIAの試験を受けている際、身元調査でCIAの局員が突然、自宅を訪問してきたことがあった」

と述べていた。さらに、

「すべての外国人の友人や知人などをリストにして、CIAに提出させられた」

とも語っている。

そのリストに怪しい人物がいないかをデータベースで照合していたらしい。この女性はこうした様々な試験をクリアして、なんとか入局を果たした。だが入局後も、機密性の高いトップシークレットの情報を扱うことができる許可（〝クリアランス〟と言う）を得ていた彼女は、プライベートであっても国外に出るには「事前の許可が必要」で、DCにいても外国人と会う際には「上司に報告して承認を得ておく必要があった」と言う。

キヨの場合、特に身辺調査については、夫のスティーブが長年、米空軍に勤めていたことや、国家安全保障会議（NSC）でホワイトハウスに出入りしたり、統合参謀本部（JCS）の事務局で働いていたことが有利に働いたはずだ。というのも、スティーブもトップシークレットを扱うクリアランスを得ており、その調査のためにキヨの身辺はすべて洗われて

いたからだ。

日本語教官としての軋轢

キヨは入局後、一年ほどの研修期間を経て、翌年から日本語インストラクターとしてのキャリアをスタートさせた。

だが、キヨがインストラクターになった当初、日本語部門は規模が非常に小さかった。

「フルタイムで教える日本語のインストラクターはキヨの他に二人しかいなくてねえ。その女性はキヨより五年先輩のベテランと、別の女性だったな」

そう語るのは、第二章でも登場した、キヨがインストラクターになって間もなく生徒となった元ＣＩＡ諜報員、ローレンス・マーテルだ。

すでに述べた通り、ローレンスには、ニューヨークのマンハッタンにあるカフェで話を聞いた。待ち合わせは、彼の指定したマディソン街にあるモルガン・ライブラリー・ミュージアムの前。

「新聞と本を手に抱えて行くから、すぐわかるはずだ」

と言われていたが、待ち合わせ時間にはそれらしい人物は現れない。すると五分ほど遅れて、美術館の中からこちらに向かって手を上げながら登場した。それまでのやりとりは非常にそっけなかっただけに、愛想が良さそうな様子は意外だった。

彼に言われるがままカフェを探しながら少し周辺を歩いてから、全面ガラス張りの明るいカフェに入った。彼はさっさと、外がよく見える窓際のカウンター席に陣取った。

「知ってのとおり、本来は話せないことになっているんだがね……」

ピートの知り合いである彼は、スリムな体型が印象的で、早口で話し、かなり神経質そうな印象を受けた。

「キヨが入った頃の日本語プログラムのインストラクターたちの状況は、非常に厳しかったと思ったね。かなりのプレッシャーだっただろうから」

と、ローレンスは言う。

「日本語を学んでいた私たちは、一年のプログラムを終えると試験を受ける必要があってね。インストラクターからすると、生徒が試験に合格しなければ彼女たちの評価が落ちるわけさ。そんなことで、彼女たちは私たち生徒に対してかなり厳しく指導したわけだ」

笑みを浮かべながら、ただね、とローレンスは続ける。

「こちらも言いなりになる質《たち》ではなかったよ。戦争で、生きるか死ぬかの現場を経験してきたっていう人もいたしね。小僧みたいな生徒じゃないからさ。でも、日本では教師は『センセイ』と呼ばれて高い地位でしょう？　この文化の違いが、お互いの立場を少し複雑にしていたと言える。センセイは威厳を保ちたいけど、こちらはそんなことは気にしないから軋轢が生じる。そんなことで揉め事になる人もいたけど、キヨはこの点、うまく生徒と関係を築いていると思ったね」

生徒たちとのやりとりは、一筋縄でいかない場合も多いことはすでに述べた。というのも、ＣＩＡの諜報員たちは他人から情報を聞き出し、協力者を見つけて利用する任務を担っている。そのために、入局後にまず、最低一年はスパイになるための研修を受ける。実地の訓練は、ワシントン近郊のバージニア州にある極秘の訓練施設などで行われる。その施設は、「ザ・ファーム」と呼ばれており、そこに入れば訓練期間中はほとんど外にも出られない。

早朝から筋トレを行い、朝食後は昼まで主に屋内で訓練をし、昼食後は外に出て様々な実践的訓練を行う。夕食後もトレーニングをしてから、眠りにつくという生活を、何人もの新人たちと一緒にこなしていく。

実践的なトレーニングは、例えば、ヘリコプターから脱出する訓練から、ハイスピードのカーチェイスやバイクの運転を学んだり、目隠しで車の運転をする練習などもあったという。ギャング団に追われながら逃走する訓練をしたり、爆弾処理も学ぶ。

また研修では、「人間の扱い方」も教わる。

「いかに人を信用させて、情報を持ってきてもらうか、スパイは日々考えているし、そのために、目の前で対峙する相手の心の中をどうすれば読むことができるか、それが大事になるからね。どう人と接するか、そんなことも研究する。

まさに心理戦というやつだ。どうやったら外国で、重要な政府高官に接触し、情報を得たり、影響力を与えられるようになるのか。新聞記者などマスコミ関係者に、どうやってこちらの好ましい記事を書かせるか。いかに好ましくない商品の評判を貶めて企業を窮地に追い込むのか。そんな心理戦のやりかたも学ぶのだ」

と、ローレンスは言う。それを生業にしているのだから当たり前と言えばそうなのだが、ローレンスの話からは、かなり扱いにくい生徒がいるであろうことも想像できる。もっとも彼自身も、一癖も二癖もある性格というのが言葉の端々から感じられたのだが。

さらに彼は、キヨについてこんな印象を持っていた。

「とにかく、几帳面でね。テキストなんかもすべて、整然と机に並べて置いていたのを覚えているよ」

確かに、キヨは几帳面な性格だった。きちっとしていないものは、放っておけない質だった。

キヨの友人であるアイルランド人のアンジェラは、キヨが生前、

「部屋に飾った絵画でも、少しでもずれていると我慢できなかったのよ」

と言っていたのを覚えている。さらにアンジェラに晩年、こんな笑えるエピソードを話したことがあったという。

「ニューヨークの博物館に行った時のことなんだけどね。そこで見た絵画が、少し傾いてい

たことがあって。正面に立って正視すると、やっぱりどう見ても少し変なのよね。ちょっと角度を変えて見てみたりしたんだけど、傾きが気になって気になって。それで、いけないとわかっていたけど、どうしても我慢できなくなって、知らない顔して真っ直ぐに直しちゃったのよ。そしたら、どこから見ていたのかわからないけど、職員が飛んで来てね。大目玉を食らったわ。九・一一のテロの後なら、ちょっとでも変なことをしたら大変な騒ぎになっていたでしょ？　この時はまだテロの前だったからよかったけど、たぶん、テロ直後なら私は逮捕されて、大変な目に遭っていたかもしれないわね」

競争させられる職場

生徒たちの間では、インストラクターが増えるにつれ、日本語インストラクター同士の仲が悪いと話題になっていた。確かに、ローレンスも「インストラクターの間ですごい競争があった」と話していた。

キヨは働き始めて間もない当時、アメリカで生まれ育った日系二世で、同じ日本語を教えていた「先輩インストラクターのレイコ」と揉めていた。

キヨとレイコは、お互いの指導方針に納得していなかったらしい。キヨは初めて社会人として組織で働くようになり、相当気合が入っていたに違いない。しかも、中学高校での教員経験があり、ミシガン大学大学院で教育関係の修士号を取っていたのだから、自分の能力には自信を持っていたはずだ。

当時キヨ以外に修士号を取得しているようなインストラクターはいなかったという。

「でも最終的には、キヨが日本語インストラクターのリーダーになったのだよ」

CIAの日本語部門のリーダーとなったキヨは、そのあとも三〇年近くにわたってプログラムを引っ張り、キヨなどが中心となって日本語プログラムが築き上げられていくことになる。また国務省も外交官のための言語学校を開設しているが、CIAは国務省とも連携しながら、語学プログラムを運営してきた。そこにも、キヨはインストラクターまたはテスター（検査官）として関与することがあった。

キヨは充実した日々を過ごし、仕事にも手応えを感じ、満足していた。

一九七五年、キヨがドイツにいる友人のマリアン・コーダーマンに送った手紙には、ドイツ語でこう書かれていた。

「やっぱり、主婦っていうのは退屈よね」

第六章　インストラクター・キヨ

日本語教官としてのキヨは日本について
情報収集を怠ることはなかった

実践的な授業

言語の習得とは、過剰学習である。言葉を暗記し、そうした言葉を言い換えたり、巧みに使うことで、学習者は言語を自在に操るのに必要な流暢さと自動性を手に入れられるのである――。

ＣＩＡが日本語教育のために使っていた教材は、そんな説明から始まる。

そしてこう続く。

「言葉を習得することは、すなわち、新たな習慣を身につけることで、習慣というのは、自動性がなければならない」

四六歳にして、新たな人生をスタートさせたキヨは、ＣＩＡでの仕事に没頭した。そして一生懸命やればやるほど、仕事が好きになっていったという。

キヨの授業はどんなふうに進められていたのか。つまり、ＣＩＡで、諜報員たちは日本語をどう教わってきたのか。

元教え子などの話によると、授業は会話とリーディング（読むこと）が中心になっている。

当時の教材を見ると、まず右のような心得を説明し、そこから、言語とは何かまで解説されている。例えばこんな具合だ。

「習慣と自動性。それは、例えば経験豊富な運転手が、運転というメカニズムを実行するのと同じだ。エンジンをかけ、シフトのレバーを入れ、ブレーキをかけるといった動きは、意識することもなく行い、目的地に到着することに集中する。言葉を流暢に扱う者は、話している内容に注意を払っており、どのように話しているのか（文法や文の構成など）については考えていないのである」

つまり、言葉を習慣のように扱えるようになれば、諜報員なら情報を獲得したり、協力者を取り込んだりすることに集中できるということだ。それくらいにまで言語を習得することを目指すのである。さらに教材はこう続く。

「まずはスピーキング（会話）に集中して学んでもらう。リーディング（読み）やライティング（書く）は、またべつの習慣が必要になるため、まずは口語をある程度マスターしてから学ぶのがベストである。日本語を書きたいという人でも、まずは会話をそれなりに学んでからにすべきである」

さらに、言語を習得するための興味深いテクニックを、いくつか提示している。

「常に、通常の会話スピードを使うこと。指導員よりもゆっくり話さないように心がけるべきだ。指導員に対して普段使うスピードよりゆっくり話すよう求めるべきではない。授業の外で耳にしないようなスローまたはゆったりとした話し言葉は、あまり実用性がない。日本人が話す言葉を学ぶことが目的であり、授業の環境で言葉に慣れるべきではない」

「言語を学ぶ際に注目すべきは、理屈ではなく、慣用こそが受け入れられるということ。それを忘れてはいけない」

そして次のように、言葉そのものの解説に入っていく。

「英語とは違い、日本語のリズムは規則的で、均一だ。すべての音節は抑揚なく一本調子か、わずかな強調しかない。またほぼ同じ長さである」

授業は週五日、朝九時から午後四時ごろまで続く。宿題はない代わりに、授業の後は三〇分ほどテープを聴いて復習するなど自習時間を取っていたという。

朝のクラスはまず会話から始まる。「おはようございます」「こんにちは」といった挨拶から入り、インストラクターと会話を行う。実際に使われてきた教材を見てみると、

「ああ、タナカさん」

「おはよう（ございます）」

「お元気ですか」

「おかげさまで、あなたは？」

といった言葉が並んでいる。こうしたスキットを毎朝繰り返し、レベルを上げていく。

会話のクラスでは、第一日目からすべて徹底して日本語のみで行われた。というのも、そ

れが日本語クラスの取り決めだったからだ。当時の要綱には、「この方針は、言葉の流暢さを身につけるためには必要なものであり、英語の質問やコメントが入ってくると、目指しているような結果を得られなくなる。英語も交えて議論するような時間は別に取る必要があるのです」と指摘されている。

基礎からやるのは当たり前のことではあるが、映画や小説などのおかげでハードボイルドかつ凄腕なイメージがあるスパイも、最初に日本語を習う際には、「おはよう」「おかげさまで」から始めるのである。日本人から見れば、少し微笑ましくもある。

それが終わると、四五分間は朝のラボ時間になる。自習で新しいスキットを声に出したりしながら暗記して、終わったら、インストラクターの説明を受けながら一緒にそれを繰り返し復唱し、練習する。それが終わると、自分の話す日本語を録音して確認、修正して録音、そしてまた確認を繰り返す。

それから新しい言葉を、意味合いやニュアンスも含めて覚えたり、文章の構成についてレクチャーを受けたりもする。レベルが進むと、日本の新聞など時事問題を扱い、文化的な側面にも触れる。

インストラクターは基本的にローテーションしながら、生徒と一対一でやりとりをする。クラスで一緒に声を揃えて発声する、というような教え方はしない。またキヨは、文法の学習は最小限にして、日本語の文にあるパターンに慣れるよう指導していたという。

ピートは、六時間以上も授業したり、宿題を多く出したりするのは得策ではなかったのだろうと振り返る。

「私がＣＩＡで習ったほかの言語もそうでした。授業があまりにハードになると、学ぶことが楽しくなくなってしまい、興味を失って続かなくなります。歴史の本に沿って四時間レクチャーを聞くという類の授業では生徒は退屈するだけで、ついていけないでしょう」

日本語が世界でも難しい言語の一つだというのはよく知られている。実際に、読み書きにはひらがな、カタカナ、漢字が必要になるが、世界的にもそんな言語は稀だ。だが、日本語を学ぶためには避けて通ることはできない。

授業では、生徒に毎日二〇の漢字を暗記させたこともあったという。週五日の授業なら、週に一〇〇の漢字を覚えることになる。しかもテストも頻繁にあるのだが、パスできない生徒もいたらしい。

教え子は、自分の子ども

ただそこはＣＩＡである。生徒の中には、とんでもない能力を発揮する生徒もいたという。ある女性局員は、漢字をじっと見つめて、少しして「ウン」と唸る。すると、それをすぐにさらさらと書き始めたという。キヨは、一つの漢字を最低でも二〇回は書いて覚えるように、と指示していたのだが、その女性は漢字を改めて見なくとも四〇回も五〇回も続けて書く。記憶力がとにかく優れていたという。

別の生徒は、ワシントンでの最後の試験となる日本語による面談で、題材に使った資料などの事実関係に「間違っている」と噛み付き、議論を仕掛けてくることもあった。とにかく発音と会話の吸収がずば抜けている生徒もいた。そして、個性的なキャラが集まっていた。

キヨは同僚にこう漏らしたこともあった。

「面接すると、こちらがタジタジになってしまうようなすごい人たちもいるのよ」

キヨの友人には、まだ彼女がCIA局員だと知らないときに、彼女が「教え子」たちと食事をしているところにたまたま出くわし、流れで同席したという人がいる。この友人は、その教え子たちの日本語力に驚愕し、今もはっきりと記憶に残っているという。

「一人は女性で、ニコニコしながら、三カ月で日本語の新聞を問題なく読めるようになったと話していた。辞書も必要ないと。どうすれば三カ月で新聞を読めるようになるのだろうと驚いたものです。また一緒にいた男子生徒は、『私は六カ月もかかったのに』と悔しそうに笑っていた。六カ月でも十分すごいでしょう。彼らは次元が違うなと思いましたね」

このエピソードをローレンスに話すと、「ほう」と発し、こう続けた。

「実は、インストラクターとはプライベートで親しくなってはいけないという決まりがあったのだがね」

キヨはそんな決まりを気にしていなかった、と言うのはピートだ。彼はこんな話をした。

「ある時、（バージニア州）レストンにあったキヨさんの自宅で人を集めてランチをするということで招待されたことがありました。行ってみると、当時教えていた生徒たちも来ていたので驚きました。キヨさんのご主人にも初めてお会いして。いい人でしたよ。地下に本格的な鉄道模型を作ってありました。まあ何と言われても、インストラクターとは一年、毎日のように顔を合わせるのですから、友人になるというのはある意味で避けられないことです」

しかも、教え子たちが現場に赴いてからも工作活動などで関係は続いた。実はキヨにとって、生徒たちは友人以上の存在だったようだ。晩年、キヨはアイルランド人のアンジェラに、「CIAの凄腕スパイでも、教え子は私にとって、子どものようなものよ」と語っていたという。

日本での極秘教育拠点

CIAの生徒たちは、ワシントンでのプログラムを一年で修了して試験に合格すると、多くはそのまま日本に送られる。日本国内にある日本語学校でさらにもう一年、日本語プログラムが続けられるのだ。

現在もCIA諜報員が通う日本語学校は国内に存在しているが、細かい場所は明らかにすることができない。彼らの任務遂行や安全にもかかわる可能性があるからだ。

ローレンスは、ワシントンで試験に合格し、当時神奈川県内にあった学校に一年間通った。

そのとき、一緒に学んだ諜報員の数は、「一五人以上いた」と記憶している。

神奈川県には彼が学ぶ前からも、ＣＩＡ諜報員が通う日本語訓練の拠点があったと、ローレンスは説明する。その拠点は、横浜市中区山下町にあった旧横浜米国領事館である。諜報員たちは、その領事館に暮らし、日本語プログラムで学んでいたという。

「私の〝会社〟（ＣＩＡ）は、ワシントンで学んだ後は、横浜の領事館で諜報員らに日本語を学ばせていた。美しい二階建ての建物はアパートと領事館事務所に分かれていて、生徒たちはそこで寝泊まりをしていたね。領事館の仕事は一階で、授業は地下で、という具合になっていたと聞いていたよ」

ローレンス自身も、学校に通うために神奈川県に居住し、

「時々、山下公園あたりを散歩したものさ。景色も素晴らしい。元町で買い物をして、中華街で食事したことをよく覚えているよ。大好きな街のひとつだね」

と微笑んだ。

この領事館はすでに取り壊されており、現在はその跡地にホテルモントレ横浜が建っている。山下公園から道路を挟んだところにあるこのホテルに入ってみると、ロビーにはいまも、元米領事館の陶板画が壁に飾られていた。そこにはこんな説明がある。

「１９３２年当ホテルの敷地に建築され１９７１年まで使用されてきた、米国領事館のありし日の姿です」

ＣＩＡの生徒たちは、日本で一年のプログラムを修了し、テストにパスすると、晴れて日本で諜報員としての一歩を踏み出すことになる。

日本以外にも同様の語学学校はある。例えばアラビア語なら、チュニジアに学校があり、中国語を学ぶ局員は、ワシントンで学んだ後、台湾にある米政府の語学学校に送られる。最近では、北京にも学校ができており、本土の大学にも学生として局員を送り込んでいるらしい。中国語も、プログラムの期間は日本語と同じく、二年だ。

こうした訓練期間は、ＣＩＡが定める言語習得の難しさによって決められている。言語は、

「ハード」

「ディフィカルト」

「イージー」

と、難易度によって三つのレベルにカテゴライズされている。

日本語は「ハード」のカテゴリーに入っており、ここまで述べてきた通り、プログラムは二年。ワシントンと日本でそれぞれ一年ずつだ。ほかの「ハード」な言語には、中国語、韓国語、アラビア語などがある。これらの言語では、原則、二年のプログラムを終える必要がある。

「ディフィカルト」には、ロシア語やベトナム語などがあり、基本的には一年。

「イージー」とされる言語は、英語が話せるアメリカ人には習得しやすいラテン系のフラン

ス語やスペイン語などだ。これらは、基本的に六カ月以下のプログラムということになるという。

キヨは、神奈川県の学校やその後継となった学校を何度も訪問した。自分の元で日本語を学んだＣＩＡ諜報員らの、語学力テストをするためだ。

テストの対象となるのは、日本での一年間のプログラムを終えた者や、日本を拠点として第一線で働いている諜報員たちだった。

すでに現場に出ている局員については、彼らが日本語能力をきちんと維持できているのかをテストする。能力を維持できていれば、給料にそれ相応の手当てが加算される仕組みになっているからだ。ワシントンＤＣにいても時々、電話を使って諜報員たちの語学力テストを行っていた。

ＣＩＡでは言語習得はキャリアにプラスになるだけではない。実は給料にも大きく反映するのである。そもそも入局の段階でバイリンガルなら、それだけ給料は高くなる。ひとつの言語をマスターすれば、年に五〇〇〇ドルのボーナスが加算され、先に述べたような重要言語なら、その額はさらに上がる。ＣＩＡ局員は、給料アップのために言語を学んでいるという側面もあるのだ。

さらにキヨが元生徒をテストするのには別の理由もある。

諜報員によっては、日本語能力がさらに向上したために、評価レベルを上げてもらい、手当てを増やしたいという希望が生じる。それを検定する必要もあったのだ。

基本的にCIAの能力評価テストは、「スピーキング」と「リーディング」のみしかない。スピーキングができればリスニングはできるはずだし、リーディングができれば、基本的にはライティングもできるからだ。キヨは面接では、事前に作られた脚本のようなマニュアルをベースに、スピーキングの試験を行っていた。あらかじめレベルが分けられている単語を、どこまで使えるかなどで評価をする。

キヨは、仕事で日本に来るときでも、忙しいスケジュールの合間をぬって、必ず友人たちと会うようにしていた。

当時、内科医だった夫の都合で、アメリカから一時日本に拠点を移していた東京女子高等師範学校附属の同窓生である東郷一子は、

「キヨコさんが来日すると会っていましたよ。港区にある東京アメリカン・クラブでよく食事をしました。キヨコさんの幼馴染である女性の家に一緒に泊まりに行ったりして、喋りすぎでは、と思うほど、ずっと喋っていたこともあった。私の主人は、よくそんなに話すことがあるもんだねと呆れていたくらいで。楽しい思い出です」

キヨは仕事については、「日本語を教えているために、出張で来た」とだけ話し、それ以上は語らなかった。

だが実際には、キヨの任務は「日本語を教える」という仕事に止まらなかった。日本に滞

在し、その枠を超えた工作活動にも関与していたことは第二章で述べた通りである。

キヨはこのような里帰りの場合にはＣＩＡの局員としてではなく、国務省の職員という肩書きで渡航している。もっとも、これに限らず、キヨは普段からも職場を聞かれれば国務省と言うようにＣＩＡから指導されていた。

またキヨは他の政府関係者とは違って東京で滞在するホテルをころころと変えていたらしい。しかもクレジットカードが普及してからは、ＣＩＡから発行されたクレジットカードで支払いを行なっていた。クレジットカードというのは、使用すると当局に居場所が察知されるために情報機関関係者などにはあまり好まれないが、キヨのクレジットカードは使用者がわからないような仕組みになっていたという。

ＣＩＡ局員には「いろいろな隠れ蓑があるのよ」と言うのは、国務省の日本語インストラクターだった節子・ファイファーだ。

「例えば国務省の日本語プログラムでは、生徒として試験や面接に来る外交官の中に、ＣＩＡ局員が混じっているのです。インストラクターにもそのことは知らされない。でも、こちらとしたらなんとなく、あれはＣＩＡだな、とわかるんですけどね」

と笑う。

なぜわかるのか、と問えば、外交官はともすれば官僚的な人たちであり、ＣＩＡの諜報員はそういうキチッとしたイメージとはちょっと違うと、ファイファーは言う。だからこそ、諜報員らは外国に配属されてからも、いろいろな職場に入り込むなどして、できる限り正体がバレないように生活できるということだろう。

優秀な教官として

キヨのインストラクターとしての評判はすこぶる良かった。

元教え子たちは「インストラクターとして優れている」「人柄も素晴らしい」ことから、生徒たちにも人気があったと口を揃える。

国務省の語学学校である「フォーリン・サービス・インスティチュート」で日本語を教えていた節子・ファイファーは、国務省とＣＩＡの局員らが入り混じる語学試験でキヨと一緒に試験官をしたことがある。その時の印象をこう語る。

「キヨさんは、それはすごい試験官でしたよ。試験官というより、もう『外交官』といったほうがいいかしら。それくらい人当たりよくて社交的だけど、その割に、相手に合わせすぎる感じもない」

ファイファーによれば、日本語インストラクターでも口頭試験になると、「つい生徒の粗探しをしてしまう」ものだという。特に、ファイファーのように、日常的にアメリカ人外交官を相手に教えていると、彼らの自信に満ちた態度に圧倒されることもあり、強い口調で問いを投げてしまうこともあった。

「例えば」と、ファイファーは言う。

「今では、知日派として知られている人物を、当時面接したことがありますが、それはすごかった。試験の場に入ってくるなり、自信満々にペラペラとしゃべるのよ。もう圧倒されちゃうんですよ、こっちが。私はちょっと怖かったくらい。少なくとも日本語に関しては、ね。駆け出しの試験官に対しては、今、先生が言ったのは間違っているんじゃない？　その日本語、間違ってるよって突いてくる。終わった後、みんなで、あれはすごいねえ、って感心したのを覚えていますね。でも、CIAなんかだと、それよりもっと凄まじい人もいるんですよね」

　そういって、一例を教えてくれた。

「モルモン教というのがあるでしょ。あの方たちは、ミッション（布教活動）で世界に出るんですね。日本にも、ほとんどが一〇代で行って、二年ぐらいを過ごすのね。帰国するとユタ州にあるモルモン教徒が通うブリガム・ヤング大学（BYU）に入学して、さらに四年間勉強して、それでCIAなんかに入ってくることがある。たまにそんな人もいて、すごいんです。新聞などから引用した文章を読ませると、途中でそこに書かれている日本史の記述が間違っている、と指摘してくる人もいました。で、こんな説やあんな説がある、と議論を始めちゃう。もう大変ですよ、こちらのほうが、歴史を忘れちゃってるから」

　だが、キヨに限っては、圧倒されるというようなことはなかった。キヨは「職務質問にならないように自然な会話をしながら」内容のレベルを上げることができたという。

「キヨさんは相手のいいところを引き出そうという思いが出るんでしょうね、だからこそ、相手も『こう答えてもいいのね』と思って、自然に言葉が出てくる感じがある。『ああ、答えられる』という気持ちにさせる雰囲気が出ているんです。隣で見ていて、純粋にすごいなあと思ったものです」

そんなキヨが、組織の中で出世するのは当然だったのだろう。

言語能力の維持は、諜報員などだけに課されているわけではない。インストラクターのキヨも同じように、能力をキープしていることを証明するテストを受ける必要があった。CIAの元言語インストラクターによれば、

「CIAでは、クオリティを維持していれば、それを評価する額が給料に上乗せされます。CIAの言語インストラクターは、二週間ごとに給料を受け取るのですが、言語能力を維持していれば、今なら二週間ごとに四〇〇ドルほどが上乗せして支払われるのです」

という。節子・ファイファーは、

「私たちがCIAの日本語インストラクターのテストをしていました。それでネイティブ並みに十分に流暢に日本語を使えるかどうかをチェックして、スコアをつけるんです。もちろんキヨさんなどはテストするまでもないのですが、スコアをつけてCIAに戻す必要があるので、試験はしましたよ」

と苦笑いした。

また、ＣＩＡでは、特別な調査員を任命して、世界各地にあるＣＩＡの言語施設がきちんと機能しているかを定期的にチェックしていた。その調査に携わったことがある元局員は、日本の評価は高かったと語っていた。さらに、東アジアや中東、つまり、言語が難しい地域には、きちんとした学校が設置されていた。中東なら、以前はレバノンのベイルートに施設があったが、情勢が不安定化したことで、チュニジアに移設されたという。

同僚との軋轢

一方で、昇進して順調にキャリアを登っていくキヨを快く思わない同僚もいた。

キヨと長年親しくしていた吉村敬子は、以前キヨが話した、こんなエピソードを覚えている。ちなみに前述した通り、吉村も当時はキヨがＣＩＡに勤めていたことは知らなかった。

「九〇年代だったでしょうか。キヨさんはオフィスで評価されて、昇進することになった。でも同じ部門の部下が、それに不満を示したそうで。その理由はよくわからないと、キヨさんは私に言っていました。昇進すると給料が少し上がるのですが、職場にそんな不満が残って雰囲気が悪くなるのは嫌だと思って、昇進は見送ってほしいと上司にお願いしたのです。結局は、自分から辞退する形で、そのときは昇進・昇給を見送ったのです」

仕事を始めたばかりの頃、先輩インストラクターと対立したことがあったのはすでに述べたが、何十年も同じ組織で仕事をしていれば、揉め事の一つや二つは出てくるだろう。ただ結局は、キヨが引退したときに優秀賞とメダルを授与されているという事実こそが、最終的なCIAのキヨに対する総合評価であると考えていい。

そんなキヨでも、どうしても好きになれない業務があったという。集中訓練キャンプだ。CIAはDCのはずれに、いわゆる「セーフハウス（隠れ家）」のような極秘の施設を持っている。そしてそこで年に数回、言語の集中訓練を行っていた。普段とは違う環境で言葉や文化を学ぶという試みだが、キヨはこの訓練がとにかく嫌いだったと同僚などに語っていた。

「あの訓練では、私たちインストラクターが文化を学ぶ一環として、日本の料理を作ることになっていたのよ。私は、料理がまるっきりダメだから、それが本当に苦痛だったのよ」

キヨとスティーブは、一九七七年にバージニア州レストンに一軒家を購入していた。周囲を森に囲まれてひっそりと建つ平屋建てだった。米軍勤務の夫と各地を根無し草のように転々としてきたが、CIAの仕事も順調になったことで、拠点となる家をやっと購入したのだ。

キヨは、近所の住民とも親しく付き合いをした。レストンは静かな地域だけに、自宅周辺の人たちとの付き合いは不可欠で、気がつけば、休みの日にはお互いの家でお茶やパーティをするような関係になっていた。そんな環境も、彼女の生活に安心と癒しを与えるようになったという。

キヨの自宅からほど近い場所に暮らしていた友人のドイツ人、ヘルガ・トルダは、
「しょっちゅう行き来していたわよ。お茶を飲みに来ることもあったし、祝日はキヨの家の食事会に参加したりしてね。ご近所付き合いを超えた関係だった」

ヘルガがキヨとウマが合ったのは、キヨが以前住んだことのあるドイツ出身だったことと、お互いアメリカでは移民だったからだと感じていた。
「私も一九五八年、一八歳の時に単身でドイツを離れてアメリカに来たの。朝の五時に、ケルンの駅に一人で座って汽車を待っていたのを今でもよく覚えているわ。ドイツは第二次大戦の戦禍から立ち直ろうとしているところで、暗かったし、保守的だった。それがいやで、ミネソタ州にいた親戚を訪ねようと、家を飛び出した。私が当時見たアメリカは、本当に都会だった。

でもすぐに帰国した。なぜって、アメリカに永住しようと心に決めたから。その準備をするために戻り、ナースになって、またアメリカに舞い戻った。キヨは、自分と同じ〝人種〟だと思ったのかもね。キヨは『目には見えないガラスの天井を破った』って言っていたと聞いたけど、そういう意味では、お互い、同じだった。私も当時のドイツのほとんどの女性がやらなかったけど、あの社会を抜け出して一人で道を切り開いてきたのよ」

しかし、そうした環境での安寧な生活以上に、キヨはＣＩＡという政府の重要な機関に勤めているということを、心の拠り所にしていたふしもある。充実した仕事だったことは間違いないだろうが、それだけではなかった。

夫のスティーブは、妻が日本人ということで、日本軍の捕虜だった過去を持つ上司から差別を受けたことは第四章で触れた。そしてキヨがそうした差別の空気を感じ取っていたことにも言及した。

当然ながら六〇年代ごろまで各地で露骨に起きていた黒人への人種差別も、キヨは目の当たりにしていた。アメリカ人がそうした人種差別を普通にできてしまうことも感じ取っていたし、スティーブが黒人の存在を理由に家の契約を破棄したことも見ていた。

キヨは晩年、アイルランド人のアンジェラに、過去のいろいろな話をした。アンジェラによれば、キヨはあるときこんなことを言ったという。

「アンジェラね、私がＣＩＡに入ってよかったことは、やっとアメリカに受け入れられたと感じることができたことなの」

アンジェラもアイルランドからアメリカに渡ってきた移民である。夫と一緒に仕事のためにアメリカに渡り、もう何十年もアメリカに暮らしてはいるが、いつも「準市民」のように扱われているような気がしていた。それだけに、その言葉の重みを感じ取り、妙に納得したのだという。

特に、ＣＩＡは他の政府機関に比べても外国語の能力のある者を優遇していた。同じように外国語を使って国外で仕事をすることが多い外交官らが属する国務省では、外国語インストラクターという職員は、省内でも、それこそ「準市民」のような処遇を受けるという。

国務省で働いていたファイファーは、

「所詮、私たちは外人部隊、という感じでしたね」

と笑った。

ＣＩＡではネイティブ並みに言葉を使えることは「特殊能力」とみなされ、評価の対象になる。だからこそ、重宝され、手当ても十分に支払われるし、大事に扱われる。また言語プログラムの予算も国務省と比較にならないほど潤沢に付けられている。

例えばキヨが日本へ出張に行く際には、ＣＩＡからクレジットカードを持たされていたことはすでに述べたが、そのおかげで特に費用の面を気にすることはなかった。セキュリティを重視する必要がある組織だけに、ホテルもいわゆる高級ホテルに滞在した。また立場上、行動が制限されることもあって、食事などの経費についても、あまりうるさく言われることはなかったらしい。一説には、ＣＩＡには、国ごとに計上されない秘密の予算があり、そういうカネもうまく回していたという。

現役時代に、キヨのオフィスを訪ねたことがある吉村敬子は、キヨは立派な個室のオフィスをあてがわれており、デスクには、当時は最新鋭で高価だったワープロ機器などが当たり前のように置かれていたと述懐する。

「正直、羨ましくなるようなオフィスだったわね」

キヨは心地よい自分の居場所を見つけたと思えたのだろう。だからこそ、長年にわたって仕事を続けることができたのである。そしてそれが、四六歳で社会に出た彼女のアイデンティティそのものになっていた。

キヨは三二年間、日本語インストラクターとして数々の諜報員を育成し、日本にもたくさんの諜報員を送り込んだ。能力がなければ容赦なく首を切られるアメリカにおいて、長きにわたってＣＩＡの日本チームを、縁の下で支えてきた。

日本に配属された優秀な諜報員たちは、言うまでもなく、水面下で日本の歴史に深く関与してきたのである。そしてそうした工作では、キヨも様々な形で貢献していた。

米ソ冷戦時代のＣＩＡ

八〇年代になると、キヨの教え子たちは、共産主義思想を基本とした社会主義国家のソビエト連邦などに対抗する活動に従事させられていったという。冷戦構造のなかで、ＣＩＡはソ連と激しいスパイ合戦を繰り広げていたからだ。そんな情勢のなか、日本もＣＩＡとソ連の諜報機関にとって重要な拠点となっていた。

ときには共産主義勢力の中国に対する工作も行っていた。元諜報員の一人によれば、ＣＩ

Aは、中国がメッセージのやりとりに使っていた渤海の海底ケーブルを切断する工作をしたこともあるという。渤海は、北京から一五〇キロにあり、黄海につながる海域である。

ただ何よりも、CIAにとって手ごわい相手はソ連だったようだ。

八〇年代からソ連や、ソ連の勢力圏にあった東欧諸国に駐在し、対ソ連工作を実施していた元CIA幹部で、国家秘密局（NCS）の防諜担当副次官にもなったマーク・ケルトンは、

「ソ連そしてロシアの諜報機関員たちは米国以外では世界で最もプロフェッショナルです。対抗するのが非常に難しい敵だと言える。民主主義勢力に対する諜報活動で長い歴史を持っており、彼らはそれに誇りを持っている」

と語る。さらに、

「その活動はソ連時代からロシアへと受け継がれているのです」

とも述べている。

キヨにとっても冷戦は無関係ではなかった。当時、ワシントンDCにいながらも、ソ連の脅威を感じさせる出来事があったからだ。

CIAの言語部門では、ラングレーのCIA本部は「本校」と呼ばれていた。それ以外の施設はDC周辺に何カ所か点在していた。それに加えて、海外の語学学校だけでなく、大使館にも言語能力を維持するための施設があった。

あるとき、そのうちのひとつ、バージニア州アーリントンにあったオフィスで大きな問題

が浮上した。

　キヨは同僚にこんな愚痴をこぼしていた。

「いま私が使っているオフィスのことがストレスなの。ＣＩＡの生徒たちが授業を受けるために出入りしているんだけど、ソ連政府に関係する施設が二軒隣にできたことが判明してね。それからというもの、昼間でも教室などを使う際は、カーテンから何からすべて締め切らないといけなくなったのよ。これじゃあ授業は続けられないわ」

　ソ連の諜報員が、日本などに送られるＣＩＡ局員を探ろうとする恐れがあったのだという。ワシントンの語学学校から、すでに対ソ連スパイ対策は始まっているのをキヨは実感した。

　実は、こうしたケースは最近、日本でも起きている。日本の公安当局者の話では、少し前に、西日本にある公安関係の施設が監視されていたことがあった。中国人だと見られる人物が、その建物に出入りする人たちを望遠カメラで撮影していたという。しかも、この人物は気づかれていることも重々承知で、堂々と撮影を続けていた。

　この出来事の背景には、最近、中国で日本の公安調査庁の関係者と思われる日本人が何人も拘束されている事件があると見られている。「拘束できるものならしてみろ」と言わんばかりで、日本の公安関係者を挑発しようとしたと考えられた。

　ただ日中のこうした小競り合い以上に、アメリカとソ連（または崩壊後のロシア）の敵対心は実は根深い。筆者はこれまで、ＣＩＡの元関係者などと話す機会に恵まれてきたが、ソ連またはロシアのことになると、彼らは決まって、かなりの嫌悪感を示す。感情的になる、といってもいいかもしれない。穏やかに話している最中に、ロシア人の話になると、「奴らは臭いからな。本当に、臭いんだよ」と言い放った人もいる。また「奴らは狡猾で、絶対に相容れることはない」「(元ＫＧＢのウラジーミル・）プーチンは大統領になってもスパイそのものさ」と話す人もいた。特に、冷戦中に諜報合戦に携わったＣＩＡ関係者にしてみれば、ソ連やロシアというのはよっぽど「憎き敵」なんだろうと感じさせられた。

冷戦の影響は、その当時、キヨのプライベートにも及んでいた。

現在はニューヨーク州立大学に勤務するアキムがアメリカの大学で学んでいた頃、結婚したい女性ができた。母親のように慕っていたキヨの御眼鏡に適うかどうかが気になって、まずキヨに紹介したという。

するとキヨは、女性の名前を聞いて、その場は普通に過ごしたという。アキムは述懐する。

「当時、キヨは政府機関に勤めている、ということしか知りませんでした。国務省だと聞いていたと思う。実は、この彼女はもともとハンガリー出身で、父親はハンガリーで有名な共産主義の大物だったのです。母親も共産主義者でした。でもキヨにはそれを言っていませんでした」

すると、しばらくして、キヨはアキムにこう伝えてきたのだという。

「彼女の家族は元共産主義者だったようだわね。だけど、彼女は大丈夫だから、結婚も問題ないと思う」

すでに述べたとおり、キヨも外国人と接触がある場合には、上司に報告する必要があった。そして調べてみると、事もあろうに、彼女の両親は長年アメリカが敵視している共産主義者の大物だった。だが両親が安全であることはすでにＣＩＡでもクリアになっていたようで、この女性も問題はないとの判断をしたのだった。

バブル経済と日本

日本では、ロッキード事件が落ち着きを見せていた一九八〇年代半ばから、バブル経済に向かっていた。この頃から、ＣＩＡの東京支局は「かなり忙しくなりました」と、ピートは言う。

日本の経済状況を簡単に振り返ると、円の切り上げが行われて一ドルが三六〇円から三〇八円になったのが一九七一年のことだ。七三年には変動為替相場制に移行した。すぐに石油危機が起きて高度経済成長期は終わるが、七九年になると不況を乗り越え、経済成長が安定期に入る。この頃、米ハーバード大学の教授だったエズラ・Ｆ・ヴォーゲルの『ジャパン・アズ・ナンバーワン』が出版されるなど、世界的にも日本の存在感は高まっていた。

日本からの対米輸出が増え、アメリカに対する貿易黒字が拡大した。それにより、貿易赤字が深刻化したアメリカと貿易摩擦に発展していく。一九八五年にはプラザ合意でドル高が是正され、日本はバブル経済に突入していく。日本企業は飛ぶ鳥を落とす勢いで世界の企業や不動産を買い漁るようになった。日本人観光客が世界各地で高級ブランドを買い漁る、といった現象が見られたのも、ちょうどこの頃だ。

そんななか、思いがけず、一九九一年にソ連が崩壊し、冷戦が終結する。これまでの天敵がいなくなったCIAは、いわば、「アイデンティティ・クライシス」に直面する。つまり、その存在価値が問われるようになったのである。

そこでCIAは、「ライジング・サン」と呼ばれ、米国内でも経済的に脅威になりつつあった日本に目を向けるようになった。

そんな折、CIAは米国内で日本に精通しているとして名が知られていた『ジャパン・アズ・ナンバーワン』の著者ヴォーゲルに接触する。そして当時のCIA長官は、ヴォーゲルを国家情報会議（NIC）の国家情報官（東アジア担当）に任命。日本対策を本格化させたのである。

こうしたこれまでにない地殻変動が起きるなか、キヨたちも、その波に飲み込まれることになった。

日本の経済力が高まるにつれ、目の回るような忙しさになったのだ。というのも、米政府にとっても日本対策は政策のプライオリティとなり、CIAでは、やる気がみなぎり、そのうえ国のためなら盗聴など不法行為も厭わないような、日本担当を希望する若い局員が急増していた。つまり、キヨをはじめとするインストラクターたちが養成しなければならない生徒の数がどんどん増えることになったのである。

ローレンスは述懐する。

「バブル経済時には多くが日本語プログラムを志願した。重要な国を担当すると出世にもつながるからさ。もちろん、ウチの〝会社〟（ＣＩＡ）も人員を増やして、日本でのスパイ活動は活発になったよ。どれほどの人員が東京にいたのかはわれわれも知らされなかったが、数百人はいたのではないだろうか。また世界的に有名な自動車メーカーがある地域にも人は送られていたはずだ」

それは国務省でも同じだった。国務省で日本語を教えていたファイファーも、こう語った。

「国務省は入省するとまず希望を出します。当時は、新しい職員の多くが日本に行きたいと希望を出したのです。日本語が大人気だった。職種的には、領事部とか、政治部、経済部とかの希望を出すのですが、政治や経済の部門は専門職になるので、言語の習得がキャリアにとっても非常に評価される。それで、じゃあ君、まず日本語勉強してこいと言われて学びにくる人も増えたのですが、難しくて音《ね》をあげる人も少なくなかった」

ピートやローレンスのような、キヨが送り出して現場にいた教え子の諜報員たちは、日本に対する工作にも力を入れていた。

その象徴的な例は、一九九五年のアメリカと日本の自動車と自動車部品に対する関税をめぐる交渉だ。当時は日米の貿易摩擦が深刻で、アメリカは日本の高級車に対する禁輸措置をチラつかせていた。

米国のミッキー・カンター通商代表と橋本龍太郎・通商産業相による交渉は、当初、日米がお互いに自国での開催を主張した。結局、折り合いがつかず、スイスのジュネーブで行われることになった。

六月二六日から開催された交渉では米国が有利に話を進めた。その理由は、CIA東京支局が徹底した諜報工作を繰り広げていたからだ。数週間前から、通信電波の盗聴などを専門とする国家安全保障局（NSA）のチームを現地入りさせ、盗聴の準備を進めた。そのおかげで、CIAは交渉に参加していた日本の通商産業省などの官僚や、彼らが電話で密に打ち合わせをしていたトヨタ自動車や日産自動車の交渉担当者との会話までを盗聴し、相手の手の内を掌握していた。毎朝、交渉の前に、カーターはその盗聴内容も含む最新情報についてブリーフィングを受けていた。

日本側はそんなこととはつゆ知らず、悠長にも、ホテル備え付けの電話で連絡や打ち合わせをしていた。もちろん悪いのは盗聴するほうだが、あまりに警戒心がないのも問題だろう。

ピートは「あくまで一般論ですが」として、

「日本のように政官民が一緒になって動いていると、情報収集はやりやすいのだろうと私は思います」

と語っている。

事実、ワシントンＤＣでは、日本大使館や日本企業のワシントン支社の電話やファックス、日本政府や企業関係者の滞在するホテルですら、ＣＩＡなどによる盗聴の対象になっていたという。

それまで冷戦構造の中でソ連とのスパイ合戦をしてきたＣＩＡにしてみれば、「日本相手のスパイ行為は随分やりやすかったということですね」と、ピートは語った。特に経済分野は与《くみ》し易いと感じていたようだ。

八〇年代以降も、日本の首相が欧州などへ外遊する際には、首脳の周辺にいるＣＩＡの協力者から情報を得るために、ＣＩＡ諜報員も現地に入った。

キヨの教え子たちは、東京に拠点を置いて、こうした作戦に従事していた。そしてアメリカの経済政策を有利に進めるための工作に奔走していた。さらに元諜報員らによれば、民間や政界、中央省庁などに協力者を作り、ハイテク・電子分野や農産物分野の状況についての情報を吸い上げるなど、スパイ工作を存分に行っていたという。

しかし、日本のバブル期にＣＩＡの日本語プログラムでも起きていたこうした「日本バブル」は、とうの昔に終わっている。それに伴って、ＣＩＡでも日本語の人気は徐々になくなっていった。

キヨはのちに、親しい友人にこう嘆いていた。

「二〇〇〇年あたりから、日本語プログラムの人気はかなり落ち始めたのよ。現在では、バブルの頃とは比較にならないほど、規模がずいぶん小さくなってしまったの。日本パッシングではないけど、重要度が低くなっていることは確かだった。でも本当の問題はね、これが日本にとっても非常に残念な傾向だったということ。情報活動の世界の中でも、日本が軽視されることになってしまうから」

キヨが言わんとしていることは、こうだ。

CIAで「日本人気」が低下したことによる影響は、実は日本にもブーメランのように跳ね返って来るということなのだ。

ローレンスも、こんなことを言っていた。

「インテリジェンスの世界では、各国の間で『ギブ・アンド・テイク』という考え方がある。つまり日本が、CIAをはじめとする外国の諜報機関や警察当局の欲しがるような情報をもっていれば、その情報と引き換えに、日本が欲しい情報やテクニックなどを他国から手に入れやすくなるのだ」

この話は、日本側の当局者からも聞いたことがある。その当局者によれば、

「各国の情報当局同士で、こちらから情報をあげるから、例えばそちらの国のメーカーの、この情報を教えてほしい、というやりとりがあります。もしくはメーカーとは関係のないよ

うな情報が欲しい時もあります。

以前、日本で、事件の証拠品である日本製のハードディスクを海から回収したが、塩水でディスクが劣化し、中の重要な証拠を見ることができないというケースがあった。

そこで日本の当局は、製造元である日本メーカーに協力を要請し、そのディスクから情報を抜き出す技術を世界に先駆けて開発したのです。日本メーカーだからこそ、当局に全面協力をしてくれた。そのおかげで他の国ではできないテクニックを、日本は手にしました。

そのメーカーのハードディスクは世界的に人気も競争力も高く、かなり普及していたため、外国の当局者にその技術の話をすると、ぜひそのやり方を教えて欲しいという要請が来るようになった。そしてその情報を与える代わりに、こちらの欲しかった情報を提供してもらうよう交渉できたのです。

例えば、ノキアの携帯から情報を抜き出すテクニックを知りたければ、フィンランドにこちらの技術を提供してから協力してもらう、といった具合です。日本のメーカーが強ければ、情報を欲しい国の当局者が寄ってくることになる」

逆を言えば、日本のメーカーに世界的な競争力がなくなれば、世界から日本は情報を求められなくなる可能性がある。そうなれば、情報は「ギブ」してもらえなくなる。

つまり、日本の技術力や経済力が衰退することのインパクトは、インテリジェンス分野にも波及する。ＣＩＡで日本の人気がなくなるというのは、日本が「使えない国」「重要度の低い国」だと思われていると捉えることもできる。
キヨは、そうした背景を踏まえた上で、日本語プログラムの衰退を嘆いたのだった。

スパイのリクルーターとして

この時期、キヨは局員のリクルートも積極的に行なっていた。こんなケースがあった。
キヨと夫のスティーブが、一九七七年にバージニア州レストンに家を買ったことはすでに述べた。引っ越してしばらくすると、先に近所に暮らしていた五人家族と親しくなった。両親と三人の男子、そしてジャーマンシェパードと暮らしていたその家族とは、家族ぐるみで親しくなった。感謝祭や復活祭、クリスマスには、パーティを一緒にしたこともあった。母親であるメリージェーンは、日に何度か犬の散歩をしていたが、キヨもよく散歩に付き合った。

当時小学生だった長男とその弟たちは、悪さをして怒られるとこっそりとキヨの家に逃げてくることもあり、子どもたちの「駆け込み寺」にもなっていた。メリージェーンは、しつけには人一倍うるさい母親で、必要な時には子どもたちを厳しく叱りつけていた。それでも家のことは一手に担い、パワフルに家庭を支えていた。

一九八八年秋、ある日の昼過ぎだった。メリージェーンはその日、たまたま一人で近所を歩いていた。そして家からそう遠くない道路で、一七歳の若者が運転する乗用車にはねられてしまった。病院に緊急搬送されたが、治療の甲斐なくそのまま帰らぬ人となった。その夜、スティーブに電話をかけてきて、母の死を伝えたのは次男だった。キヨはその日、たまたまＣＩＡの仕事で日本に出張していた。スティーブは自宅から、キヨのホテルに国際電話をかけた。

「キヨ、落ち着いて聞いてくれ。メリージェーンが交通事故で死んだ」

絶句したキヨは、それからしばらく、かなり落ち込んだという。

その事故から、キヨは以前にも増して、三人の子どもたちに目をかけるようになった。長男はもう高校を卒業しており、末っ子はまだ小さかったこともあり、特に二番目の男の子をよく世話した。キヨとスティーブは、日本へ旅行する際に、その次男を一緒に連れて行ったこともあった。

九〇年代になると、キヨはその次男をＣＩＡにリクルートした。キヨの紹介で見事にＣＩＡの試験にパスした次男は、それから訓練や言語プログラムを経て、欧州の各地で、対ロシア工作などで活躍する有望な諜報員になった。ただ、仕事でいくつか失敗が続いたこともあって、自らＣＩＡを退職してしまったという。その後、しばらく民間企業からコントラクターという形でＣＩＡに出入りしていたという話もあるが、結局は、その世界から完全に足を洗ったという。現在はＩＴ系の民間大手企業で働いており、ＤＣ近郊に大きな家を建てて幸せな家庭を築いている。

ＣＩＡではこのケースのように、紹介でリクルートされる人も少なくない。ＣＩＡとしても、すでに働いている関係者の身内のほうが話は早いということだろう。

キヨはこの男性以外にも、何人か有望だと見られる人たちを、ＣＩＡにリクルートしていた。そして、彼女の紹介により入局した局員たちが、キヨによる養成などを経て、日本に送られたケースはいくつもあったという。

冷戦終結とリタイア

前述の対ソ連工作を担当していた元ＣＩＡ幹部のケルトンによると、スパイとしてロシアのような敵国で暮らすことについて、

「仕事については、妻に対してですら、細かなことを話せませんでした。仕事は職場に置いてくる、ということですね。ただ秘密の世界で働くというのはかなり変わった状況で、アメリカと敵対している外国で暮らせば、ずっと監視の目にさらされていることになる。口に出せないこと、してはいけないことは気をつける。そういう生活は、実のところかなりのストレスです。生活でも、偽名を使っていることもあれば、そうでない時もある。とりあえずは、皆さんと変わらず生活するようにしていましたね。秘密の世界の住人として、そうしたストレスのある状況も、アメリカの民主主義とアメリカそのものを守るという特権に伴う責任だと、私は認識していました」

と語っている。言うまでもなく、名前を変えて生活するなど、自分の人生を捧げるような犠牲を伴うＣＩＡ諜報員という仕事は、愛国心といった感情がなければなかなか続かないだろう。

「下手したら命の保証はない危険な仕事ですね」と問うと、彼はこう答えた。

「ミスは命に関わるのです。インテリジェンスのユニークなところは、付き合う人たち（協力者など）に頼っている分、彼らを守らなければいけないことです。これは、倫理感のある諜報員にとってかなり大きな責任となります。私が見てきたスパイたちは常に人を守ろうとしてきた。妻を除けば、スパイと協力者の絆ほど強いものはないのです。最前線では、非常に人間的な仕事だと言っていい」

ケルトンは現在、サイバーセキュリティ企業であるブループラネット・ワークス社などで顧問やアドバイザーとして活躍している。

そんなケルトンはかつて、パキスタンの首都イスラマバードで、ＣＩＡのパキスタン支局長を務めていたことがある。

彼は国際テロ組織アルカイダの最高指導者だったウサマ・ビンラディンが殺害された時、パキスタン支局長として作戦の最前線で指揮に当たっている。ケルトンは、ビンラディン襲撃時の映像を米大使館からリアルタイムで、ホワイトハウスに送る責任者でもあった。

しかし、歴史的な作戦の中心にいた彼は、殺害工作が成功した後、しばらくして原因不明の体調不良に陥り、国外の病院に入院。腹部の手術を受けざるを得なくなった。欧米メディアなどは、その原因をビンラディン殺害事件で関係が悪化していたパキスタンの関係者から毒を盛られたのだろうと報じた。

ケルトンはビンラディンの件について問うと、笑いながらこう答えた。

「それは、ネットで検索すれば出てきますよ。パキスタンか……。非常に困難でしたが、やりがいのある作戦でもありました。あの時期に、あの作戦に関与できたことをとても誇りに思っていますしね。米同時多発テロで何千人という命を奪った〝あいつ〟を殺害して、当然の処罰を与えることができた。体調に異常をきたして帰国を余儀なくされたんですが。ただあの時にあの場所で素晴らしい経験ができたし、私が率いた作戦チームはずば抜けて素晴らしいメンバー揃いだった。私の見方では、あの一件は『人類』のための並外れた仕事だったと言える。罪なき人たちを虐殺した組織と対峙したのだから」

さらにスパイの心得もこう語った。

「スパイの仕事は非常に難しい。諜報機関の任務は、仕事ではない。業務ではない。どうしても担いたい、という強い衝動で働くものです。また仕事そのものは、物を積み上げていくというのに近い。最初はもちろんインテリジェンス活動について公式な訓練も受けるが、ほとんどは現場で身につけていくのです」

そしてこう続けた。

「スパイの世界とは、一度入ったら後戻りはできない極秘の世界であり、非常に閉鎖された世界なのです。そして、まったく違う視点で世界を見ることになる。大事なことは、自国を守り、同盟国を助け、自国民を守る手助けをするためのインテリジェンスを収集することです」

その上で、私たちがどう諜報機関と付き合っていくべきかについても言及した。

「秘密と民主主義は、うまく解け合わないものです。共存しないし、してはならないのです。そこには緊張関係が必要で、それも民主主義システムの一端なのです。アメリカなど私たちの世界は、秘密があるのは当然だと思われているロシアや中国とは違う。民主主義では、もちろん諜報機関が何をしているのかを問われなければいけない。国民はそれを気にすべきだし、なんでも秘密にやっていいと言うべきではない。アメリカ人は正しく、諜報機関に対して不快感を持っているし、持つべきなのです」

では、実際の工作活動はどう行われているのか。諜報員たちのもっとも重要な任務のひとつに、現地で情報をもたらしてくれるエージェント（協力者）を作ることがある。ピートによれば、例えばこんなふうに協力者を獲得している。

「私たちは『弱み』を突っつくよう訓練されていました。エージェントをリクルートする場合、その人のどこかに、つけこめる『弱み』がないかを調べるのです。そしてそのターゲットに、こちらの組織から何か手助けができるだろうかと、もちかける。家族が深刻な病気ならできる限り治療を受けられる手はずをつけます。子どもをアメリカの学校に入れたいと言われれば、実現させるべく動く。

ただ協力を承諾したあとで、やっぱり危険すぎると思えば、日和《ひよ》って気が変わったと言い出すこともあるし、期待するような情報が得られない場合もある。そうなれば、一切の連絡を断ち、こちらが与えていた協力もすべて終了にするのです」

かなりシビアだが、この話は、ローレンスが話してくれた新聞記者への工作にも通じる。

この「弱み」というのは、ＣＩＡに限らず、スパイの世界では重要なカギのひとつになっている。例えば、イギリスのＭＩ６は、退職後でもＭＩ６に所属していたことはほとんどの場合、公表できない決まりになっている。その点は、ＣＩＡよりも厳格だ。

定年まで勤め上げればいいが、もしまだ若いうちに退職した場合はどうなるのか。ＭＩ６で過ごした経歴や、そこでの経験は、退職後に活かせないことになる。その結果、次の仕事を見つけるまでに苦労する人も少なくなく、そうなれば、カネに困り、困窮する人たちも出てきてしまいかねない。つまり、そこに「弱み」が生じるのだ。そこを敵対国のスパイ機関などに狙われる可能性がある。

イギリスの元諜報員は、そうした「弱み」を抱えた状況に諜報関係者が陥るのは危険であると言う。

「ロシアなどはその『弱み』を、虎視眈々と狙っているのです。実際に、驚くほど高額な報酬をチラつかせられ、それでロシアの諜報機関に取り込まれてしまった人もいました」

ＭＩ６は、そんな事態が起きないように、部員が退職した後は、一〇年に渡って、毎月五〇〇〇ポンドを支払っているという。「弱み」に付け込まれないようにするためである。

ピートは、協力者を取り込むために行う、別の方法にも言及した。

「情報をもらう相手には、その人が、こちらにとって貴重な存在であることをきっちりと伝えることから始めます。人というのは、自分が重要と思われたいし、価値があると見られたいからです。そして彼らを取り巻く状況、また社会的・政治的な情勢などにもこちらが精通していることを見せつける。もらった情報については、印象ではなく、理路整然と、何の情報がダメだったか、何が良かったのかについても伝えます。そうすることで、こちらができる人間だと思わせるのです。また、会話では、例えば日本人が相手なら、自分がきっちりと時間をかけて日本語を学んだことを匂わすように、日本語の単語を使ったりする。そうすれば、相手はこちらを受け入れやすくなる」

そう言えば、キヨの教え子に会っていて気になっていたことがあった。

例えばピートは、インタビューには英語で応じていたが、時々、話している途中に日本語を入れてくるのだ。しかも、

「あ、脱線したね」

「あの辺りは紅葉が綺麗でね」

「白人だからね」

などと、ひと味違った日本語をさらりと入れていた。

そのたびに、会話には笑顔が生まれ、同時に、この相手はこちらの言語や文化をかなり理解していると親近感を感じさせる。それだけではない。それが二度、三度と続けば、日本の文化を好意的に受け止めてくれている空気が場を覆っていき、こちらとしても打ち解けやすくなる。なるほど、そういう裏があったのだろう。これもＣＩＡでキヨから学んだテクニックなのだろうか。

スパイの現場では、協力を求める側と、与える側の間には、シビアな駆け引きがあるということだ。


数々のＣＩＡ局員を養成しながら、日本にスパイを送り込む日々を送っていたキヨだったが、気が付けば入局してから、三二年近くが過ぎていた。そして年齢も七七歳。髪の毛もずいぶんと白くなった。足腰も以前に比べて弱くなった。そろそろ現役を続ける年齢ではなくなっていた。

二〇〇〇年、キヨはリタイアすることを決めた。

第七章　最後の生徒

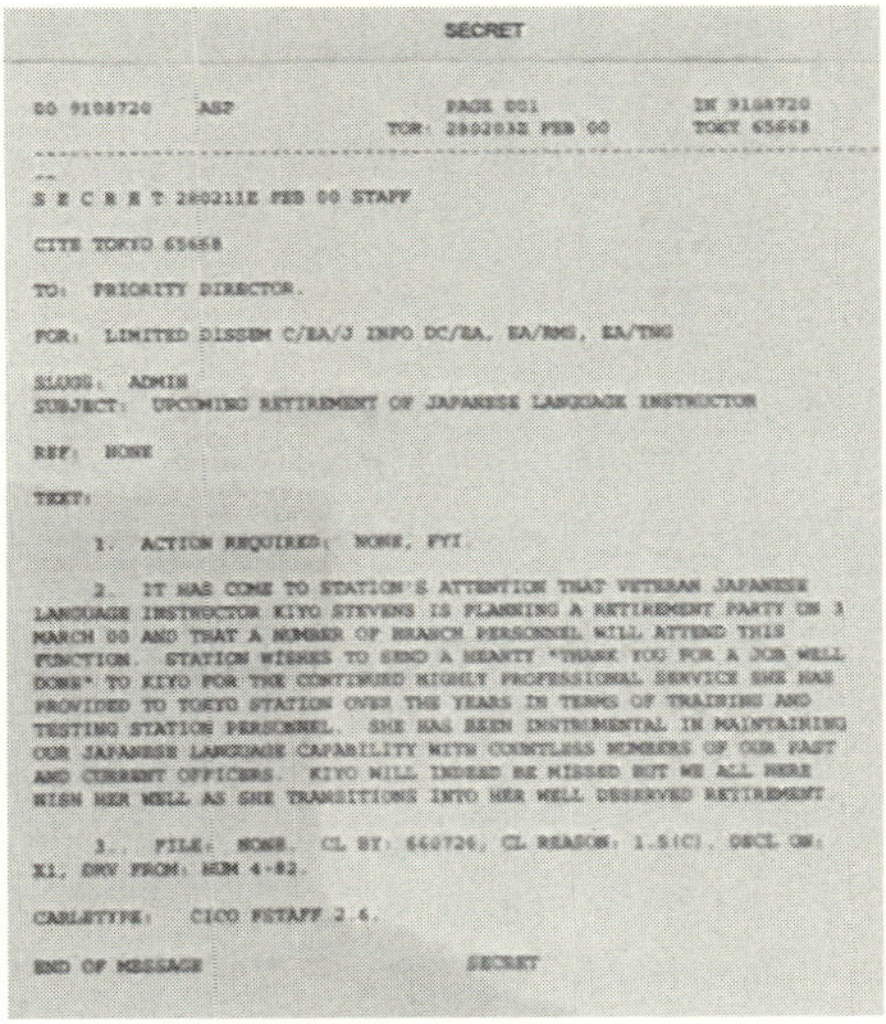
SECRET

00 9108720　ASP　PAGE 001　IN 9108720
TOR: 280203Z FEB 00　TOKY 65668

S E C R E T 280211Z FEB 00 STAFF

CITE TOKYO 65668

TO: PRIORITY DIRECTOR.

FOR: LIMITED DISSEM C/EA/J INFO DC/EA, EA/RMS, EA/TNG

SLUGS: ADMIN
SUBJECT: UPCOMING RETIREMENT OF JAPANESE LANGUAGE INSTRUCTOR

REF: NONE

TEXT:

1. ACTION REQUIRED: NONE, FYI.

2. IT HAS COME TO STATION'S ATTENTION THAT VETERAN JAPANESE LANGUAGE INSTRUCTOR KIYO STEVENS IS PLANNING A RETIREMENT PARTY ON 3 MARCH 00 AND THAT A NUMBER OF BRANCH PERSONNEL WILL ATTEND THIS FUNCTION. STATION WISHES TO SEND A HEARTY "THANK YOU FOR A JOB WELL DONE" TO KIYO FOR THE CONTINUED HIGHLY PROFESSIONAL SERVICE SHE HAS PROVIDED TO TOKYO STATION OVER THE YEARS IN TERMS OF TRAINING AND TESTING STATION PERSONNEL. SHE HAS BEEN INSTRUMENTAL IN MAINTAINING OUR JAPANESE LANGUAGE CAPABILITY WITH COUNTLESS NUMBERS OF OUR PAST AND CURRENT OFFICERS. KIYO WILL INDEED BE MISSED BUT WE ALL HERE WISH HER WELL AS SHE TRANSITIONS INTO HER WELL DESERVED RETIREMENT.

3.. FILE: NONE. CL BY: 660726, CL REASON: 1.5(C), DECL ON: X1, DRV FROM: HUM 4-82.

CABLETYPE: CICO FSTAFF 2.6.

END OF MESSAGE　SECRET

ＣＩＡ東京支局から出されたキヨの引退と送別会の開催を通知する「機密」文書

日本で開かれた引退パーティ

二〇〇〇年三月一日、ＣＩＡの東京支局は、バージニア州ラングレーにある本部に向けて、「ＳＥＣＲＥＴ２８０２１１Ｚ」という番号のついた一本の通知を出した。

文書の一番上には、目立つように「シークレット（機密）」という文字がある。その下には文書を識別するための英数字が並び、ページの中段あたりにやっと、「サブジェクト（主題）」がこう記載されている。

「日本語インストラクターの引退について」

それに続く「テキスト（本文）」の欄にはこう詳細が書かれていた。

ステーション（支局）は、ベテランの日本語インストラクターであるキヨ・スティーブンソンのための引退パーティが三月三日に開催され、多くの支局員がこのパーティに参加することを把握している。支局としては、東京支局でも局員を訓練し、テストにも従事するという高度な専門的任務を何年にもわたって担ってくれたキヨに、心から、「素晴らしい仕事をありがとう」と言葉を贈りたい。彼女は、数え切れないほどの元局員や現役局員たちの、日本語能力を維持する助けもしてくれた。キヨがいなくなるのは残念だが、表彰を受けるに値するキャリアを退いたあと、彼女に幸運が待っていることを祈っている。

そして「メッセージここまで」「シークレット」という言葉で文書は締めくくられた。その数日後、ＣＩＡ局員として最後となる東京訪問で、キヨは諜報員たちに囲まれて別れを惜しんだのだった。教え子を自分の子どものように見ていたキヨにとっては、感慨無量だったに違いない。

すでに述べた通り、ラングレーのＣＩＡ本部でも、彼女は三二年間の華々しい実績を称える優秀賞とメダルを授与され、表彰を受けている。

キヨは二〇〇〇年にＣＩＡを去った。七七歳という年齢を考えれば、遅いくらいだった。アメリカの政府職員には、日本のような定年はない。必要とされれば、何歳まででも働き続けることが可能だ。連邦政府の場合、基本的には二五年間勤務を続ければ、年金を受け取ることができる。そのため、二五年間働いたあとで早めに退職して、生活するには困らない年金を受け取りながら、引退生活を送ることもできる。

キヨは、完全に引退はしなかった。ペンシルベニア大学ウォートン・スクールなどで日本語の検定に従事するなど、スローペースではあるが仕事を続けた。

プライベートでは、友人とイベントや旅行に出かけたり、友人が携わっていた化粧品のビジネスを手伝ったこともあった。また週に一度のペースで、お気に入りの寿司屋「源氏」にスティーブと通った。キヨが食べるのはいつも「うなぎ、ツナ、サーモン」と決まっていたという。

元教え子のピートは、キヨが退職してからしばらくして、一度だけ会ったことがあるという。

「八〇歳になっていたと思いますが、彼女はぜんぜん以前と変わらなかったです。年齢の割に若かったので驚きましたね。現役時代はいつも清潔感がある人でしたが、そのときも、それは変わらなかった。元気そうでした」

晩年の生活

キヨが引退したあと、スティーブを交えて特に親しい付き合いをした友人の一人は、二〇年前からキヨを知っている谷口真弓だった。

谷口は知り合ってからずっと、キヨが国務省で日本語を教えているものだと信じていた。CIAで働いていたことを知ったのは、キヨが引退して少ししてからのことだ。

「キヨさんと初めて会ったのは、一九八〇年頃のことでしたね。ワシントンDC近郊に暮らす日本人が集まる会でお会いしたと思う。でも本格的に親しく付き合うようになったのは一九九〇年代になってからね」

谷口はキヨに対して、こんな印象を持っていた。

「何でも非常にきっちりしているのが好きな人。それと、好き嫌いがはっきりしている。出会った当初、私のことを警戒してね、注意深く付き合っていたと、あとになって聞きましたね。誰かに『あの人は気をつけなさい』と告げ口されたとかで、ね」

取材時、八八歳だった谷口は矍鑠《かくしゃく》としていた。身長は一六八センチと高く、背筋は伸びている。大きなメガネと黒々とカールしたショートヘアが特徴的だ。

谷口は、自らハンドルを握って、トヨタ車を運転してどこへでも行く。記憶力も衰えておらず、電子メールのレスポンスは、現役のビジネスマンかと思うほど早い。ワープロソフトを使いこなして、電子メールをまとめたりするのもお手の物だ。ただ耳は遠くなっているため、車には「耳が不自由です」と書いた厚手の紙を常備し、何か問題がありそうな場合はそれを掲げて周囲に見せるのだと笑った。

キヨの引退後、特に印象深く覚えているのは、二〇〇二年にキヨとスティーブと一緒に行った旅行だ。

「メリーランド州の大西洋に面したリゾート地、オーシャンシティに初日の出を見るために二泊で旅行しましてね」

ただ、キヨもスティーブもほとんどホテルから出てこなかった。せっかくの海も、スティーブは興味がなかったようだった。キヨは海が好きだったが、スティーブに「部屋を出ない」と言われれば、それに従うよりほかなかった。

「私にとっては、何度も行ったことのある場所でしたが、あの海の景色を見ると故郷を思い出してね……」

谷口は、戦前の静岡県浜松市で育っている。浜松の海といえば、御前崎から愛知県の伊良湖岬に広がる太平洋の遠州灘だ。オーシャンシティから海を見るたびに、その景色を故郷の海と重ね合わせ、望郷の念にかられた。

もともと、谷口は福岡県で生まれた。一九三〇年(昭和五年)のことだ。父親が病院を開業していた浜松で女学校を卒業した。裕福な生活で、戦前なのに水洗便所が自宅にあり、冷蔵庫もあった。旅行の際は、ずっとタクシーを借り切りにしてあちこちに行ったという。

ただ戦争が生活を変えた。谷口は戦争の真っ只中で育ち、一四歳で学徒勤労動員で駆り出された。空襲を経験し、実家の病院は戦時中に灰と化した。

終戦後、実家の病院を焼き払い、人々の生活を破壊し、多くの命を奪ったアメリカという国から、支援物資が入ってくるのを目の当たりにした。日本そのものを完全に叩きのめしたアメリカが無償で日本人を助けているとは、どういうことなのかと思った。

「国際NGOの『Licensed Agencies for Relief in Asia(LARA=アジア救援公認団体)』から食料や衣料、医療品などのいわゆる『ララ物資』が入ってきたんですね。こういうことをするアメリカって、どんな国なのか知りたくなったのよ」

その後、谷口はキヨと同じ東京女子大学に通った。キヨの八年後輩に当たる。卒業後は、病院の助手として憧れていたアメリカで暮らした。一九六五年からは米議会図書館に勤務し、九〇年に六〇歳で引退した。「家庭に入るのは無理」とキャリアを邁進し、独身を貫いた。

すでに紹介してきた、同じくキヨと親しかった吉村敬子は、谷口のかつての部下だった。吉村の経歴も華々しい。日本で津田塾大学を卒業後、一九五八年に渡米。ニューヨーク州にあるシラキュース大学と、マサチューセッツ州にあるハーバード大学の両方で修士号を取得し、ハーバード大学のイェンチン図書館に勤務した。その後、谷口と同じ米議会図書館に転職。日本で占領軍に接収されて米議会図書館に送られた戦前・戦後の検閲資料や文書の目録を自身でまとめて、出版している。

現在、谷口はバージニア州にある高齢者居住コミュニティに暮らしている。高齢者コミュニティと言っても、敷地は広く、ひとつの街のようになっている。いくつもの棟があり、大きなスクリーンで映画を見る施設や広々としたレストランのような食堂や医務室、ラウンジなども完備されている。住民は、施設内で様々なアクティビティに参加したり、自由に車で外出することもできる。

谷口は、そこで老後の生活を送りながら、戦争体験を英語で書いたり、在米の日本人や日系人たちに日本語でスピーチしたりしながら、アメリカで自身の言葉そして軌跡を残そうと活動している。吉村もそのコミュニティで現在暮らしている。

冗談を言うのが好きだったスティーブを、谷口は気に入っていた。スティーブも、親しみから谷口をよくからかったものだった。

例えば、谷口が強い反戦意識をもっていたことを知っていたため、イラク戦争に邁進したジョージ・W・ブッシュ大統領に反対するデモの様子がテレビで流れたときは、「マユミがいるはずだ、探せ！」と、冗談を言って周囲を笑わせていた。

またスティーブは、ドイツで暮らしていたことがあったからか、よく「ビッテ」という言葉を使っていた。この「ビッテ」というドイツ語は、「お願いします」「どういたしまして」「どうぞ」などと、色々な意味で使われる単語で、ドイツ人と会話をするとよく聞かれるものだという。

そんなことから、スティーブはしょっちゅう、「ビッテ、ビッテ、ビッテ」と早口で言って、周囲を笑わせていた。ただ、ドイツ語をバカにした感じもあり、キヨはあまり快く思っていなかった。

夫の発病

人前ではひょうきんなスティーブだが、キヨと二人の時は様子が違ったらしい。それは、周囲も感じ取っていた。というのも、パーティなどで、キヨはスティーブと一緒だと、笑っているばかりで、ほとんど英語で会話をしなかったからだ。日本人が多いパーティでも口数は少なかった。

どこの家庭にも多かれ少なかれあることかもしれないが、その原因はスティーブがよく小言をキヨに言ったからだった。キヨのやる事に対してコメントするだけでなく、英語の発音一つ取ってみても、少し言い方がおかしいと、鬼の首でも取ったかのように注意するのだという。

キヨ宅の近所に暮らし、友人関係だったドイツ人のヘルガは、

「キヨはスティーブと一緒だと、椅子に座って口を挟むことなく、黙って話に耳を傾けて笑っていたのが印象的ね。日本人の女性とはそういうふうに育てられ、そう振る舞うものなのだろうと勝手に思っていたものよ」

と話す。ある友人はそれについてキヨに直接、尋ねたことがある。

「キヨさん、スティーブの前だとあまり話さないわよね」

「そうよ。スティーブは私が話すと発音などの粗探しをするから、人前では話をしたくないのよ」

そう本音を漏らしたという。

友人の吉村は、一度だけ、目の前でキヨの発音に関してやりとりする二人を見たことがあるという。

「オレガノってあるでしょ。オレ〜ガノウと英語では発音するのですが、スティーブがキヨさんの発音が違うと指摘し始めてね。何度も発音させるのですが、『ノーノー』と。人前だとあれはちょっとかわいそうだなと思って、あれならあんまり人前で話そうとしないかもね。もちろん普段からずっとあの調子だったかどうかはわかりませんけど」

この点について、ニューヨーク在住のアキムに問うと、「確かにそうだった」と言い、こんな指摘をした。

「男性に対する子ども時代の嫌な思い出が、心に残っていたということでしょうね。だから反論せず、黙ってしまうという部分もあった」

仕事を軽視して愛人を作っていた父、キヨをいじめ抜いた兄、そして姉ばかりを可愛がった祖父——子ども時代の感情が、キヨの意識に深く刻まれていたということなのだろうか。

キヨはスティーブの言いなりだった、と証言する人たちもいた。例えば選挙ひとつとっても、キヨはずっと民主党を支持していたのに、選挙になると、スティーブに指示されるまま、当時、軍人の多くが支持していた共和党に投票させられていたという。しかも購読している新聞は、リベラル寄りの有力紙ワシントン・ポスト紙ではなく、保守色が強いワシントン・タイムズ紙。まさにスティーブのスタンスだろう。

スティーブはもう出世は見込めないと早期に退役したあとの数十年、空軍の関連施設に勤めてみたり、海軍のコンサルティングをするなど、仕事を転々としていた。最終的には、自分が卒業したカーソン・ロング陸軍士官学校の同窓会で活動し、同窓生について調べるといった日々を過ごしていたという。

だが八〇歳を過ぎた二〇〇三年頃、スティーブは認知症を発症した。庭の手入れや家の修理なども、他人である業者を家に入れたがらなくなった。そこで近所に暮らしていたヘルガが、自分の甥っ子を時給でアルバイトとして雇ったらどうかと提案した。スティーブもヘルガの身内なら、と納得したという。そして、キヨたちのために家の修理や買い物まで手伝いをさせた。

それでも認知症はみるみる悪化した。物忘れもひどくなり、手に負えなくなってきたために、キヨはやんわりと病院に行くよう促していたが、スティーブは拒否し続けた。そこでキヨはヘルガに頼み、用事があるからと、半ば強引に車に乗せて病院に連れて行った。

病院で精密検査が行われた。すると、予想だにしなかった結果がもたらされる。膀胱癌が発覚したのである。二〇〇五年のことだった。

しかも癌は進行しており、すぐに手術が必要になった。

死後に分かった夫の秘密

キヨは一人ではこの事態を乗り切れないと思った。そこで谷口に声をかけ、手術の際には病院に付き添ってくれないかと頼んだ。谷口は「もちろんいいわよ」と答えた。

ただ谷口は、手術について聞いたとき、実は術後のことを懸念していた。というのも、全身麻酔による手術のあと、高齢者は「譫妄《せんもう》」と呼ばれる症状を高頻度で引き起こすことがあると知っていたからだ。譫妄とは、手術の麻酔などが原因とされる精神障害で、術後に突然、錯乱や幻覚を起こして暴れたりする状態のことを指す。

谷口は述懐する。

「私が心配した通りになってしまったんですね。手術の後、かなり暴力的で凶暴になってしまったのよ。リハビリにも出てこないしね。性格も一変して、スティーブはまったく違う人になってしまった。あんまり暴れるから、ベッドにバンドで縛り付けていたんですよ」

谷口の後輩である吉村敬子も、お見舞いに行ったときの様子をこう記憶している。

「スティーブは個室で寝ていたんですが……」

しばらくすると、スティーブは目を覚ましたという。すると、急に怒り狂って病室内で暴れ出した。何が起きたのかわからなかった吉村は、部屋の隅から見ているしかなかった。スティーブは、カーテンも引き破ってしまったという。

落ち着いた口調で静かに話す吉村は、卒然と暴れるスティーブについて、「もう手がつけられなかったのよ」と付け加えた。

言うまでもなく、キヨは一人で、そんな状態の夫を世話できるはずがなかった。そこで周囲のアドバイスを聞いて、介護施設に入居させることにした。

予後は芳しくなかった。いくつかの介護施設に出たり入ったりして、最後はホスピスに入居した。キヨは、「スティーブは、大人用オムツをつけるようになってから弱っちゃってね」と周囲に話していた。

どんどん衰弱したスティーブは、手術から六カ月後の二〇〇六年二月、息を引き取った。八三歳だった。

キヨは葬儀をしないことにした。だがその一方で、すぐに彼が生前に望んでいた願いを叶える手続きに乗り出している。

軍の要職に就いて米政府の仕事もしていた彼は、アーリントン国立墓地に入ることになっていた。そして彼は、生前にこう決めていた。

アーリントンでは、自分が勤務した国防総省の本庁舎であるペンタゴンが見える位置に埋葬されることを希望する、と。

そして「水面下」で長く国のために働いてきたキヨも二つ返事で賛同した。そこでキヨは、スティーブや自分の元職場などに手を回して、それを実現させたのだった。

その後は、遺品の整理を進めた。世界のコインを集めたコレクションや、地下室に置いていた本格的な鉄道模型などは、手をつけずにそのままにした。

また自分で保管していた山田家の故人の名前が記載された過去帳に、スティーブの名前を書き入れた。そこにはこれまで亡くなった先祖などの名前がずらっと書かれている。古いものでは、嘉永（江戸末期）年代に亡くなった人もいる。

スティーブは結局、山田家とはまったく縁がなかった。結婚後、夫婦で数回日本を訪れているが、キヨの両親ともすでに他界してしまっていた。一般的にアメリカでも、結婚相手の両親に挨拶するのは常識ではあるが、スティーブは結婚したときもキヨの両親に挨拶をしようとはしなかった。

スティーブと山田家の間にはそんな溝があったのだが、それでもキヨは、彼の名前を過去帳に紺色のインクで書き残した。ただ山田家にはもう誰も残っていない。つまり、キヨが亡くなった際に、そこに彼女の名前を書いてくれる人は誰もいないのである。キヨはどんな思いで、そこにスティーブの名を刻んだのだろうか。

遺品整理をしていたキヨは当時、

「作業を続けるにつれ、長年連れ添った夫について、何も知らなかったことを痛感させられている」

と、ニューヨークから頻繁にキヨを訪ねていたアキムに漏らした。

スティーブが書き残していた日記のようなメモなどが見つかり、そこには、断片的であるが、キヨの知らない「チャールズ・S・スティーブンソン」の人生が記録されていたからだ。

それと同時に、スティーブが自分についても何もわかっていなかったのではないか、とも感じたという。例えば結婚までに至る経緯を記録したメモでは、彼がキヨの意思に反して追い回したことは書かれていない。

友人の谷口にキヨは、

「自分の知らない夫の姿がそこにあってショックを受けている。彼についていろいろ考えさせられているわ」

と心情を吐露している。そのあと、遺品をどう処理するのかの段になって、キヨは思いがけないことを言った。

「キティとジュディには何も渡す必要はない」

スティーブの元妻とその娘である。実のところキヨは、CIAに入局したあたりから、義理の娘ともほとんど連絡をしなくなったという。「もともと馬が合わなかったのよ」と言う人もいた。もしくは、メモなどを見て、平常心ではなかったのかもしれない。

取材を続けるなかで、スティーブが残したメモにゆっくりと目を通す機会があった。そのなかに、気になる箇所を見つけた。

スティーブがキヨと東京で出会う直前の、日本での暮らしぶりが書かれたメモだ。そこには、スティーブが既婚者で子持ちの身でありながら、関係をもった「トシコ」という名の女性が登場する。その話は第四章でも紹介した。

気になるのはその続きのメモである。スティーブはこう書いている。

「トシコはかわいらしく、笑顔が素晴らしかった。彼女が一九五二年の冬に風邪をひいたときは良くなるまでずっとそばで看病をしてあげた。私たち二人の夢は、もちろん、いつか結婚して、いい家族を作ろうということだった。彼女はいい妻になっただろう。そして、いい母親にもなっただろう」

この「いい母親に」との記述には驚かされた。スティーブはそののち、キヨや周囲に事あるごとに、「混血の子どもはいらない」と言って憚らなかったからだ。

キヨに子どもを作らないと言ったのは、スティーブの心変わりだったのか、ほかに何かはかり知れない理由があったのか。スティーブのみそかごとに図らずも触れてしまったが、この部分を読んだキヨはどんな気持ちになったのだろうか。

このメモを読んだあと、アキムにその点を尋ねてみた。

「キヨは内容に相当動揺していました」

それもそうだろう。アキムは続けて、子どもは持たないのだと夫と決めたキヨのこれまでの人生をひっくり返すようなメモですからね、と言った。

それだけではない。この話には続きがあり、スティーブは「トシコ」への思いを別のメモにこう書き残していた。

「いま、彼女はもう六〇歳になった頃だろう。元気で幸せで、いい人生を歩んでいることを望む。私は再び彼女を見つけ出そうと決意している。一九八八年にキヨと一緒に（トシコの住んでいた）早稲田の古い地域に数時間行って、トシコと母親が暮らした古いアパートを探したが見つからなかった」

この早稲田訪問の裏に、こんなセンチメンタルな思いがあったことを、キヨは知っていたのだろうか。もしくはいつものように、キヨに目的を詳しく語ることなく、「友人の家に行ってみたい」とでも告げて、早稲田に引き連れて行ったのだろうか。

悲しみの追い打ち

キヨにとっての衝撃的な事実は、これだけにとどまらない。スティーブのメモによれば、キヨがスティーブと付き合い始めた頃、妻のキティとはまだ離婚していなかったのである。第四章で触れた通り、キヨの留学先にスティーブが通うようになって恋人関係になる前には、キヨはスティーブがすでに離婚しているものだと思っていた。

だがそうではなかった。メモには、キティと正式に離婚したのは一九五五年六月と書かれている。そして、シカゴで行なったキヨとの結婚式は、その三カ月後の九月だった。日本と違ってアメリカには戸籍制度がないため、おそらく、キヨがこの事実を知ったのは、この時が初めてだったのではないだろうか。

スティーブの死後しばらくして、キヨは周囲を驚かせるような言動をしている。近所に暮らしていたヘルガは、キヨのこんな発言を覚えている。

「やっとすべて、私のやりたいようにできるわ」

それまでのキヨとは違う様子を、ヘルガは感じ取っていた。

ヘルガは言う。

「私もこれまでDCで、政府機関や民間企業でバリバリ働く、たくさんのキャリアウーマンと出会って友人にもなった。彼女たちの共通点は、仕事とプライベートを完全に分けていて、彼女たちが仕事の時にどんな様子なのかは全く想像がつかなかった。キヨにも同じことが言えたわね。でも、スティーブを亡くしてしばらくしてからの、この時期のキヨは、仕事をしているキャリアウーマンの顔が、どんどんプライベートに出てきているのではないかと思うほど、アグレッシブな感じに思えたわ」

また谷口も変化を感じていた。

「スティーブが亡くなってしばらくしてから、キヨさんは急に雄弁になったのよね」

何がその変化をもたらしたのか、それは誰にもわからなかった。メモから受けたショックの反動だろうか。小言を吐く夫に対する我慢から解放されたからだろうか。今となっては知る由もない。

この少し前に、東京女子大OGの集まりでCIA局員だったことを語ったキヨは、それ以降、自分のCIA時代も含めた人生について口にするようになっていった。本当の自分は何ものなのかを仲間に知らしめるかのように。

戦中戦後の混乱の中で、日米間の「架け橋」になるべく、日本で学位を取ろうと大学を渡り歩いた。戦火が激しくなる中でも諦めることなく、その目標に向かって邁進した。しかし渡米後すぐの結婚を機に、その夢は潰えてしまった。その後、子どももないまま、四〇代半ばになって自分の人生を振り返り、そこから仕事に生きる決断をした。

ただその仕事は人には話せないものだった。仕事の評価も成果も、もっと言えば、自分の優秀さも語ることはできない。周囲は、夫の隣で大人しく座って微笑む、日本語教師であるキヨの姿しか知らない。本当の自分は、ＣＩＡというスパイ組織で「ガラスの天井」を破るほどの評価を得たというのに、みんなはそんなことを知らない。

ヘルガは、

「黙っていれば自分がこの時代に生き、ＣＩＡという組織に貢献した事実もなかったことになる。キヨは、自分が生きたことを周囲に伝えたいという思いを持つようになり、その思いが晩年に溢れ出たのです」

と語る。そんなことから、キヨはＣＩＡ局員だったことを周囲に話すようになったのであろう。

スティーブの死後は特にそれが顕著だった。もちろん、彼女には人生の長い時間を主婦として支えた夫に、どこか裏切られたという思いがあった。自分の人生を生きた女性であると、親しい仲間には知って欲しかったのである。

スティーブの死後、それまで仲良くしていた知人が、独り身になったキヨに付け入ろうとする出来事が相次いだ。

キヨはスティーブと一緒に、お気に入りの寿司屋「源氏」に長く通っていた。そこで常連同士として知り合った男性がいた。弁護士をしていると自己紹介したこの男性は、それからしょっちゅう「源氏」で顔を合わせるようになった。

しばらくすると、三人は寿司屋以外でも会うようになる。自宅に来ることもあったという。スティーブが亡くなってからのある日、彼が遺言をしっかりと残していなかったこともあって、この弁護士はキヨにこう提案した。

「キヨも遺言をしっかりまとめておいたほうがいい」

キヨは、遺言の作成をこの弁護士に任せた。

「警戒心は強いが、一度気に入ると、人を信じやすいところはあった」

とアキムは述懐する。

それから、弁護士は怪しい動きをするようになった。キヨの資産を勝手に調べたり、郵便物などもすべてチェックしたという。

アキムは、キヨが自らの判断でしていることについて、余計な口を挟むことはしてこなかったと言う。「だが」と、彼は続けた。

「この弁護士は怪しかった。そこで彼が書いていた遺書の下書きを見ることに何とか成功したのです。そこには、彼が多額の金を受け取ることが書かれていた」

それを指摘されてから弁護士の態度は変わった。キヨに差別的な発言をすることもあったという。

キヨは直ちに別の弁護士を雇い、その悪徳弁護士とは縁を切った。

またこんなケースもあった。

齢を重ね、足腰が弱り、体調もすぐれなかったキヨは、髪を切ってもらっていた日系の美容師に、時々病院に連れて行ってもらっていた。その美容師の白人の夫とも仲良くするようになった。すると、週に数回、キヨの身の回りの世話に来るようになったという。

「思考能力も鈍りつつあったのかはわからないですが、投資話か何かで彼女たちに多額の金を渡していたことが判明したのです」

とアキムは言う。

谷口もこの話をよく覚えている。

「キヨさんは、途中から彼女たちが遺産を狙っているのではないかと疑心暗鬼になっていました。それで距離を置くようになったのです」

老女が一人で暮らす日々が長くなると、こうした「危険」は避けられない。それを心配した谷口は、キヨに自分の暮らす高齢者居住コミュニティに来たらどうかと勧めた。そこには、谷口だけでなく、政府関係機関で働いていた人たちも多く暮らしていた。

だが彼女は断固としてそれを拒否したという。

ただ強がってみても、一人きりの孤独な生活は変わらない。足元はさらにおぼつかなくなり、家のことも段々とできなくなっていった。寄る年波には勝てずとも、キヨはどうしても自宅を離れたくなかった。

そんな状況で、事件が起きる。キヨが軽い卒中に見舞われたのだ。自分に異変を感じたキヨは、アキムに電話をした。

「ちょっと体調がいまひとつでね……」

キヨはそう言った。すぐに異変を察知したアキムは、その日に大学で受け持っていたクラスを休講にし、その足でニューヨークから車で一三時間をかけて、キヨの暮らすバージニア州に向かった。そしてすぐに九一一番（日本で言う一一〇番）に電話して救急車を呼び、結局、入院させた。この時は数日の入院で済み、キヨはまた自宅に戻った。

それからしばらくした二〇〇八年、八五歳になったキヨはアキムに再びこんな電話をかけている。

「アキム、誰か、私の生活を助けてくれる人、いないだろうか？」

「もちろん探してみるよ」

「信頼できる人で、誰か日中に家に来てくれる人がいたら助かるわ。病院にも行かないといけないしね」

アキムはこの時期、頻繁にニューヨークから一〇時間以上をかけて、車でキヨに会いに行った。

「病院では死にたくないわね」

アイルランド人のアンジェラ・ブリッジフォードが初めてキヨに会ったのは、この時期のことだった。最初、友人を交えてランチを一緒にした。ゆったりとした食事会だったので、キヨはニコニコしてよく喋ったという。

「よかったら私をサポートしてくれないかしら」

キヨはすぐにアンジェラを気に入って、世話をお願いした。

六〇代後半だったアンジェラは、民間企業で一般事務の仕事を勤め上げ、夫とは離婚し、二人いる息子はもうどちらも独立して家を離れていた。

彼女はキヨの前にすでに一人、年配の女性を世話した経験があった。知人の母親だった。アンジェラは、人を助けることができるこの仕事を気に入って、相手次第ではまたやりたいと思っていた。そして、一人暮らしで気ままな生活だったことと、家がそう遠くないこともあって、キヨの世話を即決で承諾した。

アンジェラのキヨに対する第一印象は、とにかく「小さくて細い」というものだった。それもそのはずで、ずいぶんやせ細ったキヨは当時、体重は三五キロしかなかった。しかも股関節が弱っているために、歩行器がなければ歩けない状態になっていた。

最初は日に数時間だったが、キヨがきちんと食事を摂っていないことに気がつき、滞在時間を長くするようになった。そして夜も、少しでも体力がつくようにと、食事の準備をし、一緒に食べてから帰るようにした。するとそのうちには、夕食の流れから、キヨがベッドに横になるまで一緒に過ごすようになったという。

体は衰えても、キヨの頭は冴えていた。ある時、キヨが神経質なのを知っているアンジェラは、キヨが病院に行っている間に、ベッドルームに整然と飾ってあった何点かの絵画を、ちょっと斜めにずらすいたずらをした。その日はそのまま帰宅したアンジェラだったが、翌日、キヨの家に行くと、すべて真っ直ぐに戻されていたという。

そんな生活が一年ほど続いた二〇〇九年夏には、キヨが結腸癌になっていることが判明する。医師はさらに治療をするために結腸内視鏡検査を勧めたが、キヨはそれを断った。医師も年齢を考えて、あまり無理強いはしなかった。

二〇一〇年秋のある日のこと。アンジェラは帰宅した後に、ついさっきまで一緒だったキヨから電話を受けた。

「アンジェラ?」

「キヨ、どうしたの、何か問題でも起きた?」

「ええ、ベッドから転げ落ちちゃってね、立ち上がれなくなっちゃって」

だが、キヨ宅の鍵を預かっていなかったアンジェラは、家に戻っても入ることができなかった。そこで九一一番に電話し、病院に運んでもらうことにした。キヨはその日一晩入院した。

「病院では死にたくないわね」

とキヨは病室のベッドで繰り返し言った。

それ以降は、到底一人では生活できなくなった。動き回るのも困難になってきたからだ。またいつベッドから落ちるかもわからない。しかも介護施設には頑なに入りたがらなかった。体力は落ちてゆくばかりだった。

アンジェラはその翌日から最後の日まで、キヨの家で一緒に暮らすことになる。


アンジェラとキヨは、二〇〇八年からの二年間、ほぼ毎日一緒に時間を過ごしたことで親友同士と呼べるほど親しくなった。アキムに言わせれば、アンジェラこそ、キヨが人生で本当に心を開いた相手だったのではないか、という。

バージニア州の静かな住宅地にある自宅で話を聞かせてくれたアンジェラは、肩まである真っ白な髪と厚いレンズのメガネが印象的な女性だった。

二人は、アンジェラの運転で、いろいろな場所を訪れた。しょっちゅう、あてもなくドライブをしては、外でディナーを食べてから帰宅する。そんな日々を送っていた。

二〇〇九年のクリスマス前には、キヨがこんなことを言った。

「クリスマスのデコレーションが見たいわ。連れて行ってくれないかしら」

アンジェラと一緒に、街を流したり、少しは車を走らせて、デコレーションで話題になっていた場所などを訪れた。キヨは非常に感動し、こんなことを言ったという。

「スティーブにも見に行こうと頼んだことがあったけど、彼はそういうことはしてくれなかったのよ。クリスマスのデコレーションを見に行こうと言っても、『ノー』って言ってね」

二〇一〇年の春には、キヨは妙なことを言い出した。

「アンジェラ、今日はどうしても連れて行って欲しいところがあるの」

「いいけど、どこに行くの？」

「アジトよ」

そしてキヨは、そのアジトに入るためのＩＤカードを手にし、自宅から一時間程の地域にあったその場所に向けて、アンジェラに運転をさせた。キヨは助手席に座り、道案内をした。しかし、途中からキヨも道がわからなくなってしまったという。近くまで来ていることは確かだったようだが、結局、同じところをぐるぐると回る有様だった。途方にくれたアンジェラは、キヨに言った。

「もう帰る？」

しかしキヨは首を縦に振らなかった。そこで、アンジェラはダメもとで、近くのお店に入り、キヨが局員だったことを説明してＩＤカードを見せ、近くにＣＩＡの施設がないかと尋ねた。すると店員は、こっそりと近くにある施設への行き方を教えてくれた。

結局、たどり着いたところは、第六章でも触れた、ＣＩＡの研修施設がある「セーフハウス（隠れ家）」だったという。

ただ入り口でカードを見せても、すでに引退しているキヨとその友人を中に入れてくれるはずもなく、そのまま帰宅する羽目になったと、アンジェラは言う。

「でもひょっとすると、キヨはあの時に、自分が本当にＣＩＡで働いていたことを証明したかったんじゃないかと思う。彼女が話しているＣＩＡ時代の話なども嘘じゃないんだって。確かに、ＩＤカードやグッズもいくつか見たことがあったけど、そんなのは証明にならないでしょう。私は疑ってなんかいなかったけどね」

モルモン教とＣＩＡ

こんなこともあった。ある時、テレビでモルモン教徒の話が出た際には、キヨが何かを思い出したかのようにこう言った。

「ＣＩＡはモルモン教徒を好んで雇っているわ。なぜだかわかる？」

どうしてなの、と聞くと、こう答えた。

「モルモン教徒の価値観が、ＣＩＡにうまくフィットしているからなのよ」

第六章で節子・ファイファーが少し触れていたが、キヨもＣＩＡにおけるモルモン教徒たちの存在は深く記憶に残っていたようだった。米ユタ州に本部を置くモルモン教は、厳しい戒律があり、信者の間で広く実践されている。筆者にもアメリカに暮らすモルモン教徒の知り合いがいるが、日常生活で「してはいけないこと」がいくつもある。例えば、お酒とカフェインは厳禁。タバコも許されないし、もちろん違法薬物も禁止だ。一緒に食事に行っても、コーラなどの飲み物はカフェインフリーのみ。コーヒーもデカフェだ。

基本的には中絶にも反対しており、知人には五人の子どもがいる。そして、モルモン教徒は総じて、家族の結びつきが強いという。そんな自分たちを律することができる価値観に加えて、モルモン教徒にはＣＩＡがリクルートしたくなる重要な要素がある。

外国語、だ。

モルモン教徒は、一〇代後半または二〇代前半に、多くが最長で二年間ほど、国外へミッション（布教）の旅に出ることになっている。日本でも時々、きちんとネクタイを締めた二人組で、通行人などに話しかけて、布教をしている外国人を見かけることがある。彼らこそ、モルモンの伝道師である。世界中で布教活動をしている信者の数は七万人とも言われており、彼らは布教活動を通して、訪問先の国の言葉や習慣、文化を学ぶ。そして国に帰ってから、その経験を仕事などに活かしていく。

ＣＩＡにしてみれば、身元がはっきりとしていて、極めてクリーンで、外国語をある程度話せるアメリカ人なら、喉から手が出るほど欲しい人材ということになる。

事実、ＣＩＡは毎年、モルモン教徒を入局させていたという。キヨはこう言った。

「入局後に、さらに言語をブラッシュアップしたり、また別の言語を教え込むこともできるしね。ありがたい存在ということになるのよ。ね、私がいつも言っているように、ＣＩＡで言語というのは本当に重要な要素なのよ」

普段はとても穏やかだったキヨが怒りを見せたことが、一度だけあった。ジョージ・Ｗ・ブッシュの話をしている時のこと。実は、ブッシュ政権時には、ＣＩＡ史上、稀に見る「プレイム・ゲート」と呼ばれる大騒動が発生した。「ウォーター・ゲート」をもじったこのケースでは、ＣＩＡの女性諜報員だったバレリー・プレイムが、二〇〇三年に米コラムニストの新聞記事で、いきなりその正体をバラされることになった。理由は、元外交官である彼女の夫が、ニューヨーク・タイムズ紙にイラク戦争を批判する文章を寄稿したからだった。

いうまでもなく、現役ＣＩＡ局員の正体を暴露するのは違法行為であり、諜報員の命に関わる。結局、そのコラムニストに彼女の身元を教えたのはブッシュ政権の関係者だったことが判明する。キヨは憤りを隠さなかった。

「この漏洩で、プレイムの諜報員としてのキャリアは一瞬にして終わったわ。これまで国家のために、身分だけでなく様々なことで多くの人たちに嘘をついていたのも、バラされてしまったわけよ。本来なら墓場まで持っていくことなのに……」

ニューヨークのアキムも、この一件が二〇〇三年に大きく報じられた時の、キヨの怒りをよく覚えていた。

なぜなら、キヨとスティーブがこの問題の見解をめぐって激しい口論になり、大喧嘩をしたからだ。二人が喧嘩をするほど衝突したのは、アキムの知る限り、後にも先にもなかった。

喧嘩の原因は、スティーブの発言だった。

「外交官たるもの、政府の方針や作戦に楯突くとはいかがなものか。彼は外交官として国に仕えてきたはずなのに、身の程知らずもいいところだ」

若き日から、軍人として国に人生を捧げてきたアメリカ人らしい意見である。特に、米軍でそれなりの地位まで上り詰めたような人たちは、国への忠誠心は強く、その点については冗談が通じないところがある。

しかし、ＣＩＡ出身者として、キヨは黙っていられなかった。そしてこんなふうに反論したという。

「もっとも腑に落ちないのは、ＣＩＡが政治の道具に使われたということよ。ああいう形で報復することは許されない。ＣＩＡ諜報員として、彼女も国のために働いていたし、ＣＩＡ局員である彼女と、その夫がしたこととは、分けて考えるべきだ。夫には自分が見聞きしたことを表現する自由がある」

完全に意見が分かれ、そこから喧嘩に発展した。政府（軍）側の人間と、ＣＩＡとの小競り合いのようだったと、アキムは言った。アンジェラは後にアキムからこの話を聞き、なるほど、と納得した。

このように、最後の二年間、キヨはＣＩＡでの経験についても、アンジェラには躊躇なく話をした。本来なら、ＣＩＡでの勤務によって知り得た情報は話すべきではなく、墓場まで持っていくべきだった。だがキヨは、生きた証を残そうとしているかのように、アンジェラに語り続けた。

アンジェラはキヨの話を聞きながら、内心で羨ましく思っていたという。ＣＩＡ局員のように身元を隠して暮らすのは自分の性分ではないが、少なくとも、キヨはアンジェラにはなかった学歴で、自身の可能性を切り開いたと思っていたからだ。

「残念ながら、私には学がなかったから、ずっと一般的な事務職だった。それはそれでよかったんだけど、自分にあったかもしれない可能性を切り開くことはできなかったから。四〇歳を過ぎてから、新しいキャリアを歩み始めたなんて……私には考えられなかった。すごい生き方をしてきたんだなと。しかも、聞かせてくれるスパイの話も面白かったしね」

キヨは引退後に、日本へ一時帰国するようなことはなかった。もう家族は残っていなかったからかもしれないが、望郷の念はなかったのだろうか。

アンジェラにそう聞くと、

「キヨは日本を過去に置いてきたと言っていたので、決して、日本に帰りたいという素振りは見せなかった。だけど、『アンジェラを日本に連れて行っていろいろと案内したいわね』と言うことがあった。キヨが日本に対して愛着をもっていることはいつも感じていました」

キヨはアンジェラに、自身の幼少時代から夫の最期まで、実に様々な事柄について話して聞かせたという。アンジェラは、

「そのなかでも、特に心に残っている言葉が二つあるのよ」

と話してくれた。ひとつは、キヨがＣＩＡがらみの話をしたあとによく口にした、あの言葉だ。

「私は、目には見えないガラスの天井を破ったのよ」

キヨはＣＩＡの仕事で、言語インストラクターとして達成したキャリアを誇りに思っていた。それまで「犠牲にしてきた人生」の殻を破って自ら手にした成功である。それが、彼女のアイデンティティにもなっていた。

またこの言葉にはもうひとつの意味合いがあった。戦前生まれの日本人女性としての殻を破り、仕事で成功したのだ、と。

そしてもうひとつは、話がアンジェラの成人した子どもたちに及んだときに、キヨがふと漏らした言葉だった。

「本当はね、私も子どもが欲しかった。自分の子がいたら、どんな人生だっただろうか」

最後のクリスマス

二〇一〇年も冬に近づくと、キヨの意識は弱まっていった。一日のほとんどを、ベッドの中で過ごすようになり、話す言葉も、英語やドイツ語、そして日本語が入り混じるようになっていた。英語だけの時間もあれば、ドイツ語だけの時間もあった。ドイツ語の簡単な言葉はアキムから教えてもらっていた。

だが日本語はお手上げだった。日本語だけの時間になるとコミュニケーションが取れなくなり、その頻度は増えていた。そこでアンジェラは、キヨが英語で話している「英語モード」のタイミングを見計らって、キヨから日本語で、

「暑い」
「寒い」
「痛い」
「喉が渇いた」
「お腹が空いた」

といった簡単な言葉を教えてもらったのである。アンジェラは、キヨが日本語を教えた最後の「生徒」になった。おかげでそれからは、日本語で必要最低限のやりとりはできるよう

になっていた。

だが、しばらくすると、キヨの口から出る言葉は難解な日本語ばかりになった。さすがにアンジェラもどうすることもできなくなってしまったという。そこでキヨの友人である谷口に電話をして、助けを求めた。

「アンジェラから電話がありましてね。実はその少し前のまだ元気だったときに、なぜかキヨさんとはちょっと関係がギクシャクして、しばらく連絡しなくなっていたのね。でも容態を聞いて、じゃあということで。キヨさんが好きだったサーモンのお寿司なんかを買って、自宅に行きました。そしたら『あら、真弓さん』なんて言ってね」

それから谷口は、何度もキヨを見舞った。キヨは目に見えて衰弱していったという。

一二月も二〇日ごろになると、アメリカの街はどこもクリスマス一色になる。クリスマスは、イベントらしい高揚感が人々の心に漂うが、みんなで大っぴらにはしゃぐ空気はない。宗教によっては祝う事もしない。一般的なアメリカの家庭では、クリスマスはどこか落ち着いた家庭的なイベントとして、家族などとゆったりと夕食を楽しむ大事な日である。

その頃、キヨはもうほとんどベッドで寝たきりの状態になっていた。谷口は二〇日、九月二九日生まれのキヨのために、遅いバースデーケーキを持っていった。

「キヨさん、誕生日パーティ、やってなかったわね。ケーキ、買ってきたから、一緒に食べようよ」

するとキヨは体を起こして、ケーキを少し口にしたという。

まだスティーブが元気だった頃、キヨはクリスマスになると毎年のように、独身だった谷口や吉村などを呼んで、この家でささやかなクリスマスパーティをしたものだった。サラダや大きなローストハム、野菜のキャセロール、デザートにはピーカン・パイやアップル・パイなど、テーブルにはご馳走が並んだことを谷口は昨日のことのように思い出していた。

アンジェラはその晩、ロサンゼルスに住んでいた息子の家族に、クリスマスは実家に帰ってこないよう伝えた。キヨから目を離せなくなっていたからだ。

二〇一〇年のクリスマス。日本語インストラクターとして数多くのスパイに日本語を伝えてきたキヨの口からは、もう言葉が出てくることはなくなっていた。

「生徒は自分の子どもよ」と言って憚らなかったキヨ。命の炎が消えつつあった彼女のそばには、人生最後の生徒となったアンジェラがいた。

一二月二七日、キヨは自分の「子ども」に看取られながら、八八年の人生を終えた。

エピローグ　奇妙な「偲ぶ会」

渡米直前のキヨ。キヨは若い頃からスカーフを愛用し、
ＣＩＡ時代もキヨのトレードマークになっていた

キヨが死去した後、遺言執行者に名指されていたのは、ニューヨーク在住の「息子」であるアキムだった。

キヨの遺品には、意外なものも多かった。例えば、疎遠になっていた家族の写真。子ども時代に東京で撮影した大判のモノクロ写真が何枚もあった。兄と母、父が亡くなった際の葬儀で撮られた祭壇の写真も残されていた。しかも晩年に撮影されたと思われる父親の写真も、何枚も見つかっている。

また、これまで使ってきたいくつものパスポートもあった。それらのパスポートには、キヨが一番初めに海を渡った時の記述や、結婚のすぐ後に、「永住のためにアメリカへ」とスタンプが押されたパスポートもある。

さらには、ドイツで知り合ったアキムの母親、マリアン・コーダーマンとやりとりした手紙も多数あった。しかも彼女がマリアンに手紙を送る前に、ドイツ語で下書きをし、それを知り合いのドイツ人に添削してもらっていた形跡がわかるメモもあった。キヨの性格を表しているメモだと言える。

記事の切り抜きも何点も保管されていた。ほとんどが、日本の新聞に掲載された家庭料理のレシピだ。「天ぷら」の作り方や、「大豆モヤシと昆布のナムル風」「豚薄切り肉のあぶり焼き」「牛肉とトマトのいため物」「ひき肉いためのレタス包み」といった料理のレシピや、「いため物のポイント」という読み物もある。料理が得意ではなかったキヨだったが、レシピを見ながらスティーブのために料理を作っていたのだろうか。もしくは、現役時代にCIAの「セーフハウス」で行われていた集中訓練キャンプで、手料理を披露するために勉強していたのだろうか。

キヨとスティーブが暮らした自宅は、キヨから遺言で指定されたように、アキムが手配をしてきれいに内装を変え、壁のペンキを塗り替えて売りに出した。すると家は、すぐに売れた。バージニア州で外科医をしている若いパキスタン系移民の男性が購入し、筆者が訪れると、驚くほど快く招き入れてくれた。

男性の家族は妻と二人の子ども、そして男性の母親だった。内装はさらに手が加えられ、キヨが暮らしていた頃の写真と見比べると、ずいぶんモダンでおしゃれな今風の家に変貌していた。夫婦のまだ小さな子どもが二人で走り回っていたのが印象的だった。

この医師は、筆者が帰国してしばらくしてから、わざわざメールをくれた。そして、いまだにキヨ宛の郵便が届いているのだとその接写を送ってきた。それによれば、キヨは母校に寄付を続けていたらしいことがわかった。また、同窓会の会報なども届いていた。ほんのわずかだが、日本とのつながりは維持していた。

キヨは遺言で、結婚をして迷惑をかけたと反省しきりだったフルブライト奨学金の事務所に、一万ドルの寄付を行うよう書き残していた。この指示に従って、アキムはフルブライトに小切手を送った。二〇一一年一二月の『東京フルブライト・アソシエーション』という会報誌にはこうある。

「本年七月に米国から一万ドル小切手が事務局に送られてきました。『ミセス・キヨ・ヤマダ・スティーブンソンからのご遺志により、フルブライト・アソシエーションへの寄付をしたい。』と書かれた代理人のお手紙が同封されており、ありがたく頂戴することにいたしました。キヨ・ヤマダさんは一九五四年に英語教育を学ぶ為、フルブライターとしてミシガン大学に留学、その後、チャールズ・スティーブンソン氏と結婚、米国で語学教育に従事されてきましたが、二〇一〇年一二月二七日に亡くなられました。ご冥福をお祈りいたします」

キヨの胸のつかえは、これで取れたに違いない。

キヨの死から二カ月後——。

ワシントンDCから西に二〇キロほど行くと、ヴィーナという街がある。CIA本部からほど近く、車なら一五分もあれば到着する静かなエリアだ。

当然だが、CIA本部の周辺地域には、数多くのCIA関係者が暮らしている。とはいえ、ほとんどが小さな田舎町という趣であり、映画などに出てくるような、都会的で生活臭のない危険な暮らしに身を置く諜報員という描写からはかけ離れている。

二〇一一年二月、そんなヴィーナの目抜き通り沿いにある中華レストラン「ウーズ・ガーデン」で、異様な雰囲気の昼食会が催されていた。広々とした店内にテーブル席が所狭しと並ぶウーズ・ガーデンは、本格的な北京料理を出す店として知られていた。少し前に、このレストランを訪ねてみると、店はすでに廃業してしまっていた。

その日は、厚い雲が空を覆い、いまにも雪がちらつきそうな寒さだった。会を主催したのはアキム。前年の暮れに死去したキヨと生前に付き合いのあった人たちのために、ささやかな「偲ぶ会」を開いたのだ。

正午前になると、次々と出席者が姿を見せた。最終的には四五人ほどになり、参加者たちは店の奥にある半個室のスペースに座った。しかし、偲ぶ会の間、参加者は口数も少なく、静かに食事をして、盛り上がる気配はなかった。もちろん故人を偲ぶ会がパーティのように騒がしくある必要はないが、出席者たちがあまりお互いに話したり、交わろうとしない様子はさすがに奇妙だったと、参加者の一人は言った。

アキムにとって、その光景は意外ではなかった。キヨの死後、アキムは、彼が唯一連絡先を知っていたキヨの元同僚に、彼女が死去した事実を伝えるために電話を入れた。その際に、何らかの形でお別れ会を開催したらどうかと提案した。すると、元同僚はこう言ったという。

「葬儀ということなら、生前、彼女の世話になった元同僚たちは参加できない。葬儀が告知されたら、われわれがそこにいることが知られてしまう可能性があるからだ。葬儀の日時は少し調べればすぐにわかるからね。それだと問題になる。内輪だけの『偲ぶ会』なら、出席できる人もいる」

米国では、葬儀はほとんどの場合、葬儀場や教会などで執り行うため、調べれば簡単にわかるオープンな情報となってしまう。元同僚たちの居場所が知られると困る、とはただならぬ発言だが、キヨに最後の感謝を捧げたい職場の関係者は、みんなＣＩＡ局員だからそれも仕方がない。彼らがもっとも気にすることのひとつは、自分たちの正体がばれることだからだ。それは、偲ぶ会が異様に静かだったことからもわかる。

静かな偲ぶ会の最後を締めくくったのは、キヨの形見分けだった。

ファッションにこだわりのあったキヨは、元気だった頃は、毎日のようにスカーフを身に着けていた。参加者たちは、キヨのトレードマークにもなっていたスカーフのコレクションから、それぞれ一枚ずつ思い出として持ち帰った。

「来てくれた人にスカーフをプレゼントしたらどうか」

そう提案したのはアキムだったが、二〇〇枚以上もあったスカーフをまとめて用意したのは、キヨを看取ったアンジェラだ。

出席者が帰る際に、アキムはひとりひとりに直接簡単な挨拶をした。キヨが「国務省で日本語を教えていた先生」であるという「前提」で会話をしたのだが、そんな中には「政府機関」でフランス語やスペイン語、イタリア語を教えていて、キヨと親しかったという人たちもいたと、アキムは述懐する。

元同僚の出席者たちは、職業柄、キヨという存在を記憶の中に封じ込めてしまう必要があった。表向きには、彼女のキャリアは「存在しない」。アキムは、ならば、せめて彼女が身につけていたスカーフで、彼女が存在していたことを時には感じてもらいたいと考えたのだった。

キヨが苦悩の末に四六歳から何十年もかけて手にしたキャリアは、日本を中心に活躍したCIAのスパイたちや、偲ぶ会でスカーフを持ち帰った局員たちの記憶にはっきりと刻まれていることだろう。

アーリントン国立墓地にある「七〇区画五四番」の裏面には、そんな彼女のキャリアをほのめかすものは微塵も刻まれていない。

しかし、そこにある「妻」という言葉の裏には、キヨ・ヤマダの、驚くべきキャリアと人生模様が隠されている。

《主要参考資料》

『大東京区分図三十五区之内』植野録夫著（日本統制地図、一九四一年）
『随想十年』斎藤昇著（内政図書出版、一九五六年）
『大野伴睦回想録』大野伴睦著（弘文堂、一九六二年）
『東京女子大学同窓会七十年史』東京女子大学同窓会七十年史編集委員会編（東京女子大学同窓会、一九九一年）
『新編「昭和二十年」東京地図』西井一夫著（筑摩書房、一九九二年）
『あきらめない人生―寂聴茶話』瀬戸内寂聴著（小学館、一九九二年）
『作楽会百年のあゆみ』作楽会百年史編集委員会編纂（作楽会、一九九二年）
『ジョン・モリスの戦中ニッポン滞在記』ジョン・モリス著、鈴木理恵子訳（小学館、一九九七年）
『荒川の舟運：川と人と舟の道』あらかわ学会・歴史民俗委員会編（A&Iデザイン、一九九九年）
『戦争と湘南白百合学園の生徒たち：旧乃木高等女学校のころ』湘南白百合学園の学徒勤労動員を記録する会編（湘南白百合タブリエ会、一九九九年）
『秘密のファイル―CIAの対日工作』（上・下）春名幹男著（共同通信社、二〇〇〇年）
『トイレ考・屎尿考』NPO日本下水文化研究会屎尿研究分科会編（技報堂出版、二〇〇三年）
『ロッキード事件「葬られた真実」』平野貞夫著（講談社、二〇〇六年）
『何も知らなかった日本人―戦後謀略事件の真相』畠山清行著（祥伝社、二〇〇七年）
『原発・正力・CIA―機密文書で読む昭和裏面史―』有馬哲夫著（新潮社、二〇〇八年）
『焦土の恋〝GHQの女〟と呼ばれた子爵夫人』橘かがり著（祥伝社、二〇一一年）
『東京地籍図　復刻版　港区編』（不二出版、二〇一二年）
『CIA日本人ファイル：米国国立公文書館機密解除資料 第4巻』加藤哲郎編（現代史料出版、二〇一四年）
『私を通りすぎたスパイたち』佐々淳行著（文藝春秋、二〇一六年）
『大正＝歴史の踊り場とは何か　現代の起点を探る』鷲田清一編著、佐々木幹郎、山室信一、渡辺裕著（講談社、二〇一八年）

Leary, William M. The Central Intelligence Agency: History and Documents. Tuscaloosa. University Alabama Press. 1984.

Mendez, Antonio J. The Master of Disguise: My Secret Life in the CIA. New York. William Morrow. 1999.

Bamford, James. Body of Secrets. New York. Anchor Books. 2002.

Weiner, Tim. Legacy of Ashes: The History of the CIA. New York. Anchor Books. 2007.

Johnson, Loch K. The Oxford Handbook of National Security Intelligence. New York. Oxford University Press. 2010.

Crumpton, Henry A. The Art of Intelligence: Lessons from a Life in the CIA's Clandestine Service. New York. Penguin. 2012.

Carleson, J. C. Work Like a Spy: Business Tips from a Former CIA Officer. New York. Portfolio. 2013.

Gates, Robert M. Duty: Memoirs of a Secretary at War. New York. Knopf. 2014.

Panetta, Leon, Newton, Jim. Worthy Fights: A Memoir of Leadership in War and Peace. New York. Penguin. 2014.

Pacepa, Ion Mihai. Rychlak, Ronald J. Disinformation. Washington, DC. WND Books. 2016.

Hayden, Michael V. Playing to the Edge: American Intelligence in the Age of Terror. New York. Penguin. 2016.

Rigby Assad, Michele. Breaking Cover: My Secret Life in the CIA and What It Taught Me about What's Worth Fighting for. Carol Stream. Tyndale Momentum. 2018.

Clapper, James. Brown, Trey. Facts and Fears: Hard Truths from a Life in Intelligence. New York. Viking. 2018.

Life in Tokyo. LIFE. Dec. 3, 1945.

https://www.cia.gov/ https://history.state.gov/ https://fas.org/irp/offdocs/nsdd/ https://www.nytimes.com/ http://kokkai.ndl.go.jp etc.

山田敏弘　Toshihiro Yamada

国際ジャーナリスト、米マサチューセッツ工科大学（ＭＩＴ）元フェロー。講談社、ロイター通信社、ニューズウィーク日本版などに勤務後、ＭＩＴを経てフリー。著書に『ゼロデイ 米中露サイバー戦争が世界を破壊する』（文藝春秋）、『モンスター 暗躍する次のアルカイダ』（中央公論新社）、『ハリウッド検視ファイル トーマス野口の遺言』（新潮社）、訳書に『黒いワールドカップ』（講談社）など。数多くの雑誌・ウェブメディアなどで執筆し、テレビ・ラジオでも活躍中。

CIAスパイ養成官《ようせいかん》　キヨ・ヤマダの対日工作《たいにちこうさく》

著　者　山田敏弘《やまだとしひろ》

発　行　2019年 8 月20日
2　刷　2019年11月10日

発行者　佐藤隆信
発行所　株式会社新潮社　郵便番号 162-8711
東京都新宿区矢来町 71
電話：編集部　03-3266-5611
読者係　03-3266-5111
https://www.shinchosha.co.jp

印刷所　株式会社光邦
製本所　株式会社大進堂

乱丁・落丁本は、ご面倒ですが小社読者係宛お送り下さい。送料小社負担にてお取替えいたします。
ISBN978-4-10-334772-9　C0095
価格はカバーに表示してあります。